VERONIKA DÉCIDE DE MOURIR

Paulo Coelho est né à Rio de Janeiro, au Brésil, en août 1947. Il commence des études de droit mais abandonne en 1970 pour parcourir le monde. De retour au Brésil, il devient compositeur de musiques populaires, notamment pour le célèbre chanteur Raul Seixas. Paulo Coelho a aussi été journaliste spécialisé dans la musique brésilienne ; il a travaillé chez Polygram et CBS jusqu'en 1980, date à laquelle il décide de reprendre ses voyages. Son premier livre *Le Pèlerin de Compostelle*, publié au Brésil en 1987, raconte l'expérience de sa longue marche de 830 kilomètres sur la fameuse Route de Santiago, ancien itinéraire emprunté par les pèlerins sur le chemin de Saint-Jacques-de-Compostelle.

L'Alchimiste paraît en 1994 en France et devient, petit à petit, l'une des meilleures ventes de tous les temps. Publié dans 100 pays et dans 47 langues, l'ensemble des livres de Paulo Coelho s'est vendu à plus de 30 millions d'exemplaires dans le monde. Il a reçu de nombreux prix littéraires dont le Grand Prix des lectrices de *Elle* 1995 ou le « Grinzane Cavour » 1996.

Sur le bord de la rivière Piedra, je me suis assise et j'ai pleuré a été publié en France en 1995, *Le Pèlerin de Compostelle* en 1996, *La Cinquième Montagne* et *Le Manuel du Guerrier de la Lumière* en 1998. Son dernier livre s'intitule, *Le Démon et Mademoiselle Prym* (2001).

PAULO COELHO

Veronika décide de mourir

TRADUIT DU PORTUGAIS (BRÉSIL)
PAR FRANÇOISE MARCHAND-SAUVAGNARGUES

ÉDITIONS ANNE CARRIÈRE

Titre original :

VERONIKA DECIDE MORRER

Pour S.T. de L., qui a commencé à m'aider alors que je ne le savais pas.

« Voici, je vous ai donné le pouvoir de fouler aux pieds les serpents (...) et rien ne pourra vous nuire. »

Luc, 10, 19

Le 21 novembre 1997, Veronika décida qu'était enfin venu le moment de se tuer. Elle nettoya soigneusement la chambre qu'elle louait dans un couvent de religieuses, éteignit le chauffage, se brossa les dents et se coucha.

Sur la table de nuit, elle prit les quatre boîtes de somnifères. Plutôt que d'écraser les comprimés et de les mélanger à de l'eau, elle choisit de les prendre l'un après l'autre, car il y a une grande distance de l'intention à l'acte et elle voulait être libre de se repentir à mi-parcours. Cependant, à chaque cachet qu'elle avalait, elle se sentait de plus en plus convaincue : au bout de cinq minutes, les boîtes étaient vides.

Comme elle ne savait pas dans combien de temps exactement elle perdrait conscience, elle avait laissé sur son lit le dernier numéro du magazine français *Homme*, qui venait d'arriver à la bibliothèque où elle travaillait. Bien qu'elle ne s'intéressât pas particulièrement à l'informatique, elle avait trouvé, en feuilletant cette revue un article concernant un jeu électronique (un CD-Rom, comme on dit) créé par Paulo Coelho. Elle avait eu l'occasion de rencontrer l'écrivain brésilien lors d'une conférence dans les salons de l'hôtel Grand Union. Ils avaient échangé quelques mots et, finalement, elle avait été conviée au dîner que donnait son éditeur. Mais il y avait alors beaucoup d'invités et elle n'avait pu aborder avec lui aucun thème de manière approfondie.

Cependant, le fait de connaître cet auteur l'incitait à penser qu'il faisait partie de son univers et que la lecture d'un reportage consacré à son travail pouvait l'aider à passer le temps. Tandis qu'elle attendait la mort, Veronika se mit donc à lire un article sur l'informatique, un sujet auquel elle ne s'intéressait absolument pas. Et c'est bien ainsi qu'elle s'était comportée toute son existence, cherchant toujours la facilité, ou se contentant de ce qui se trouvait à portée de sa main – ce magazine, par exemple.

Pourtant, à sa grande surprise, la première ligne du texte la tira de sa passivité naturelle (les calmants n'étaient pas encore dissous dans son estomac, mais Veronika était passive par nature) et, pour la première fois de sa vie, une phrase qui était très à la mode parmi ses amis lui sembla fondée : « Rien dans ce monde n'arrive par hasard. »

Pourquoi tombait-elle sur ces mots au moment précis où elle avait décidé de mourir ? Quel était le message secret qu'ils renfermaient, si tant est qu'il existe des messages secrets plutôt que des coïncidences ?

Sous une illustration du jeu électronique, le journaliste débutait son reportage par une question : « Où est la Slovénie ? »

« Personne ne sait où se trouve la Slovénie, pensa Veronika. Personne. »

Pourtant, la Slovénie existait bel et bien, elle était ici, dans cette pièce, au-dehors, dans les montagnes qui l'entouraient, et sur la place qui s'étendait sous ses yeux : la Slovénie était son pays.

Veronika laissa la revue de côté. Elle n'avait que faire à présent de s'indigner d'un monde qui ignorait l'existence des Slovènes ; l'honneur de sa nation ne la concernait plus. C'était le moment d'être fière d'elle-même, puisque enfin elle avait eu le courage de quitter cette vie. Quelle joie ! Et elle accomplissait cet acte comme elle l'avait toujours rêvé : au moyen de cachets, ce qui ne laisse pas de traces.

Veronika s'était mise en quête des comprimés pendant presque six mois. Pensant qu'elle ne parviendrait jamais à s'en procurer, elle avait envisagé un moment de se taillader les poignets. Elle savait que la chambre serait remplie de sang, qu'elle sèmerait le trouble et l'inquiétude parmi les religieuses, mais un suicide exige que l'on songe d'abord à soi, ensuite aux autres. Elle ferait tout son possible pour que sa mort ne causât pas trop de dérangement ; cependant, si elle n'avait d'autre possibilité que de s'ouvrir les veines, alors tant pis. Quant aux religieuses, il leur faudrait s'empresser d'oublier l'histoire et nettoyer la chambre, sous peine d'avoir du mal à la louer de nouveau. En fin de compte, même à la fin du XXe siècle, les gens croyaient encore aux fantômes.

Evidemment, Veronika pouvait aussi se jeter du haut d'un des rares immeubles élevés de Ljubljana, mais une telle décision ne causerait-elle pas à ses parents un surcroît de souffrance ? Outre le choc d'apprendre que leur fille était morte, ils seraient encore obligés d'identifier un corps défiguré : non, cette solution était pire que de se vider de son sang, car elle laisserait des traces indélébiles chez deux personnes qui ne voulaient que son bien.

« Ils finiront par s'habituer à la mort de leur fille. Mais il doit être impossible d'oublier un crâne écrasé. »

Se suicider avec une arme à feu, sauter d'un immeuble, se pendre, rien de tout cela ne convenait à sa nature féminine. Les femmes, quand elles se tuent, choisissent des méthodes bien plus romantiques – elles s'ouvrent les veines ou absorbent une dose excessive de somnifères. Les princesses abandonnées et les actrices d'Hollywood en ont donné divers exemples.

Veronika savait qu'il faut toujours attendre le bon moment pour agir. Et c'est ce qu'elle avait fait : à force de l'entendre répéter qu'elle ne parvenait plus à trouver le sommeil, deux de ses amis, sensibles à ses plaintes, avaient déniché chacun deux boîtes d'une drogue puissante dont se servaient les musiciens d'un cabaret de la ville. Veronika avait laissé les quatre boîtes sur sa table de nuit pendant une semaine, chérissant la mort qui approchait et faisant ses adieux, sans le moindre sentimentalisme, à ce qu'on appelait la Vie.

Maintenant, elle était heureuse d'aller jusqu'au bout de sa décision mais elle s'ennuyait parce qu'elle ne savait pas quoi faire du peu de temps qui lui restait.

Elle repensa à l'absurdité qu'elle venait de lire. Comment un article sur l'informatique pouvait-il commencer par cette phrase stupide : « Où est la Slovénie ? »

Ne trouvant pas d'occupation plus intéressante, elle décida de lire le reportage jusqu'au bout et découvrit que ce jeu avait été produit en Slovénie – cet étrange pays dont personne, à l'exception de ses habitants, ne semblait savoir où il se trouvait – parce que la main-d'œuvre y était meilleur marché. Quelques mois plus tôt, pour le lancement du jeu, la productrice française avait invité des journalistes du monde entier et donné une réception dans un château à Bled.

Veronika se rappela avoir entendu parler de cette fête comme d'un événement dans la ville, non seulement parce qu'on avait redécoré à cette occasion le château afin de reconstituer le plus possible l'atmosphère médiévale du CD-Rom, mais aussi à cause de la polémique qui en avait résulté dans la presse locale : on avait invité des journalistes allemands, français, anglais, italiens, espagnols, mais aucun slovene.

L'auteur de l'article – qui était venu en Slovénie pour la première fois, tous frais payés sans doute, et bien décidé à courtiser d'autres journalistes, à échanger des propos supposés intéressants, à manger et à boire sans bourse délier au château – avait donc débuté son article par une plaisanterie destinée à émoustiller les brillants intellectuels de son pays. Il avait même dû raconter à ses amis de la rédaction quelques histoires de son invention sur les coutumes locales, ou sur la façon rudimentaire dont sont habillées les femmes slovènes.

C'était son problème à lui. Veronika, en train de mourir, avait d'autres soucis, par exemple savoir s'il existe une autre vie après la mort, ou à quelle heure on trouverait son corps. Tout de même – ou peut-être justement à cause de l'importante décision qu'elle avait prise –, cet article la dérangeait.

Elle regarda par la fenêtre du couvent qui donnait sur la petite place de Ljubljana. « S'ils ne savent pas où est la Slovénie, pensa-t-elle, c'est que Ljubljana doit être un mythe. » Comme l'Atlantide, ou la Lémurie, ou les continents perdus qui hantent l'imaginaire des hommes. Personne au monde ne commencerait un article en demandant où se trouve le mont Everest, même s'il n'y était jamais allé. Pourtant, en plein milieu de l'Europe, un journaliste d'un magazine connu n'avait pas honte de poser une telle question, parce qu'il savait que la majorité de ses lecteurs ignorait où était la Slovénie. Et plus encore Ljubljana, sa capitale.

C'est alors que Veronika découvrit un moyen de passer le temps. Dix minutes s'étaient écoulées, et elle n'avait encore noté aucun changement dans son organisme. Le dernier acte de sa vie serait d'écrire une lettre à ce magazine expliquant que la Slovénie était l'une des cinq républiques résultant de l'éclatement de l'ancienne Yougoslavie. Cette lettre serait son billet d'adieu. Par ailleurs, elle ne donnerait aucune explication sur les véritables motifs de sa mort.

En découvrant son corps, on conclurait qu'elle s'était tuée parce qu'un magazine ne savait pas où se trouvait son pays. Elle rit en imaginant une polémique dans les journaux ; les uns défendraient, les autres critiqueraient son suicide en l'honneur de la cause nationale. Et elle fut impressionnée de la rapidité avec laquelle elle avait changé d'avis, puisque, quelques instants plus tôt, elle pensait au contraire que le monde et les questions géographiques ne la concernaient plus.

Elle rédigea la lettre. Ce moment de bonne humeur lui fit presque remettre en cause la nécessité de mourir, mais elle avait absorbé les comprimés, il était trop tard pour revenir en arrière.

De toute façon, elle avait déjà vécu des moments comme celui-là, et elle ne se tuait pas parce qu'elle était triste, amère, ou constamment déprimée. Souvent, l'après-midi, elle avait marché, heureuse, dans les rues de Ljubljana, ou regardé, de la fenêtre de sa chambre, la neige qui tombait sur la petite place où se dresse la statue du poète. Une fois, elle avait flotté dans les nuages pendant un mois ou presque parce qu'un inconnu, au centre de cette même place, lui avait offert une fleur.

Elle était convaincue d'être absolument normale. Sa décision de mourir reposait sur deux raisons très simples, et elle était certaine que, si elle laissait un billet expliquant son geste, beaucoup de gens l'approuveraient.

Première raison : tout, dans sa vie, se ressemblait, et une fois que la jeunesse serait passée, ce serait la décadence, la vieillesse qui laisse des marques irréversibles, les maladies, les amis qui disparaissent. Elle ne gagnerait rien à continuer à vivre ; au contraire, les risques de souffrance ne feraient qu'augmenter.

La seconde raison était d'ordre plus philosophique : Veronika lisait les journaux, regardait la télévision, et elle était au courant de ce qui se passait dans le monde. Tout allait mal et elle n'avait aucun moyen de remédier à cette situation, ce qui lui donnait un sentiment d'inutilité totale.

Mais d'ici peu, elle connaîtrait l'expérience ultime – la mort –, une expérience qui promettait d'être très différente. Une fois la lettre rédigée, elle se concentra sur des questions plus importantes et plus appropriées au moment qu'elle était en train de vivre – ou plutôt de mourir.

Elle tenta d'imaginer comment serait sa mort, mais en vain. De toute manière, elle n'avait pas besoin de s'inquiéter, car dans quelques minutes elle saurait.

Combien de minutes ? Elle n'en avait pas la moindre idée. Mais elle se réjouissait de connaître bientôt la réponse à la question que tout le monde se posait : Dieu existe-t-il ?

Contrairement à beaucoup de gens, elle n'en avait pas fait le grand débat intérieur de son existence. Sous l'ancien régime communiste, l'enseignement officiel lui avait appris que la vie s'achevait avec la mort, et elle s'était habituée à cette idée. De leur côté, les générations de ses parents et de ses grands-parents fréquentaient encore l'église, faisaient des prières et des pèlerinages, et avaient la conviction absolue que Dieu prêtait attention à ce qu'ils disaient.

A vingt-quatre ans, après avoir vécu tout ce qu'il lui avait été permis de vivre – et remarquez bien que ce n'était pas rien ! –, Veronika était quasi certaine que tout s'achevait avec la mort. C'est pour cette raison qu'elle avait choisi le suicide : la liberté, enfin ; l'oubli pour toujours.

Mais, au fond de son cœur, le doute subsistait : et si Dieu existait ? Des millénaires de civilisation avaient fait du suicide un tabou, un outrage à tous les codes religieux : l'homme lutte pour survivre, pas pour renoncer. La race humaine doit procréer. La société a besoin de main-d'œuvre. L'homme et la femme ont besoin d'une raison de rester ensemble, même quand l'amour a disparu, et un pays a besoin de soldats, de politiciens et d'artistes.

« Si Dieu existe, ce que sincèrement je ne crois pas, Il doit comprendre qu'il y a une limite à la compréhension humaine. C'est Lui qui a créé cette confusion, dans laquelle tout n'est que misère, injustice, cupidité, solitude. Son intention était sans doute merveilleuse, mais les résultats sont nuls ; si Dieu existe, Il doit se montrer indulgent avec les créatures qui ont désiré partir plus tôt, et Il peut même nous présenter des excuses pour nous avoir obligés à passer par cette Terre. »

Que les tabous et les superstitions aillent au diable ! Sa mère, très croyante, lui disait que Dieu connaît le passé, le présent et l'avenir. Dans ce cas, Il l'avait fait venir au monde avec la pleine conscience qu'elle se tuerait un jour, et Il ne serait pas choqué par son geste.

Veronika ressentit bientôt une légère nausée, qui augmenta rapidement.

Quelques minutes plus tard, elle ne pouvait déjà plus se concentrer sur la place qu'elle apercevait par la fenêtre. C'était l'hiver, il devait être environ quatre heures de l'après-midi, et le soleil se couchait déjà. Elle savait que la vie des gens continuerait ; à ce moment, un garçon qui passait devant chez elle l'aperçut, sans se douter le moins du monde qu'elle était sur le point de mourir. Une bande de musiciens boliviens (Où se trouve la Bolivie ? Pourquoi les articles de journaux ne posent-ils pas cette question ?) jouait

22

devant la statue de France Prešeren, le grand poète slovène qui avait profondément marqué l'âme de son peuple.

Parviendrait-elle à écouter jusqu'au bout la musique ? Ce serait un beau souvenir de cette existence : la tombée du jour, la mélodie qui évoquait les rêves de l'autre bout du monde, la chambre tiède et confortable, le beau passant plein de vie qui avait décidé de faire halte et maintenant la fixait. Comme elle sentait les médicaments faire leur effet, il était, elle le savait, la dernière personne qu'elle verrait. Il sourit. Elle n'avait rien à perdre et lui rendit son sourire. Il lui fit signe. Finalement, il voulait aller trop loin ; elle décida de feindre de regarder ailleurs. Déconcerté, il poursuivit son chemin, oubliant pour toujours ce visage à la fenêtre.

Mais Veronika était heureuse d'avoir, une fois encore, été désirée. Ce n'était pas par absence d'amour qu'elle se tuait. Ce n'était pas par manque de tendresse de la part de sa famille, ni à cause de problèmes financiers, ou d'une maladie incurable.

Veronika avait décidé de mourir en ce bel après-midi, tandis que des musiciens boliviens jouaient sur la place de Ljubljana, qu'un jeune homme passait devant sa fenêtre, et elle était heureuse de ce que ses yeux voyaient et de ce que ses oreilles entendaient. Elle était plus heureuse encore de ne pas avoir à assister au même spectacle pendant trente, quarante ou cinquante ans – car il allait perdre toute son originalité et devenir la tragédie d'une existence où tout se répète et où le lendemain est toujours semblable à la veille.

A présent, son estomac commençait à se soulever et elle se sentait très mal. « C'est drôle, je pensais qu'une dose excessive de calmants me ferait dormir sur-le-champ. » Mais elle ne ressentait qu'un étrange bourdonnement dans les oreilles et l'envie de vomir.

« Si je vomis, je ne vais pas mourir. »

Elle décida d'oublier ses maux de ventre, essaya de se concentrer sur la nuit qui tombait rapidement, sur les Boliviens, sur les commerçants qui fermaient boutique pour rentrer chez eux. Le bruit dans ses oreilles devenait de plus en plus aigu et, pour la première fois depuis qu'elle avait avalé les comprimés, Veronika sentit la peur, une peur terrible de l'inconnu.

Mais la sensation fut brève. Aussitôt elle perdit conscience.

Quand elle rouvrit les yeux, Veronika ne pensa pas : « Ce doit être le ciel. » Jamais, au ciel, elle n'aurait trouvé cet éclairage fluorescent ; la douleur, qui apparut une fraction de seconde plus tard, était caractéristique de la terre. Ah ! cette douleur de la terre ! Elle est unique, impossible de la confondre.

Elle tenta de bouger, et la douleur redoubla. Une multitude de points lumineux apparut. Pourtant Veronika comprit que ces points n'étaient pas les étoiles du paradis, mais la conséquence de son intense souffrance.

« Tu as repris conscience, dit une voix de femme. Maintenant, tu as les deux pieds en enfer, profites-en. »

Non, ce n'était pas possible, cette voix la trompait. Ce n'était pas l'enfer – parce qu'elle avait très froid, et elle avait remarqué que des

25

tuyaux en plastique sortaient de sa bouche et de son nez. L'un d'eux, enfoncé dans sa gorge, lui donnait la sensation d'étouffer. Elle voulut bouger pour l'ôter, mais ses bras étaient attachés.

« Je plaisante, ce n'est pas l'enfer, poursuivit la voix. C'est pire que l'enfer, où d'ailleurs je ne suis jamais allée. C'est Villete. »

Malgré la douleur et la sensation d'étouffement, Veronika comprit en un éclair ce qui s'était passé : elle avait tenté de se suicider, mais quelqu'un était arrivé à temps pour la sauver. Peut-être une religieuse, une amie qui avait décidé de lui rendre visite à l'improviste, ou qui lui rapportait un objet qu'elle ne se souvenait plus d'avoir réclamé. Le fait est qu'elle avait survécu, et qu'elle se trouvait à Villete.

Villete, le célèbre et redoutable asile de fous qui existait depuis 1991, année de l'indépendance du pays. A cette époque, pensant que la division de l'ancienne Yougoslavie se ferait par des moyens pacifiques (finalement, la Slovénie n'avait connu que onze jours de guerre), un groupe de chefs d'entreprise européens avait obtenu l'autorisation d'installer un hôpital pour malades mentaux dans une ancienne caserne, abandonnée parce que son entretien coûtait trop cher.

Mais peu à peu, en raison des guerres qui avaient éclaté – d'abord en Croatie, puis en Bosnie –, les chefs d'entreprise s'étaient inquiétés : l'argent destiné à l'investissement provenait de capitalistes dispersés dans le monde entier, et dont on ne connaissait pas même les noms, de sorte qu'il était impossible d'aller leur présenter des excuses et de leur demander de prendre patience. On résolut le problème en adoptant des pratiques peu recommandables pour un asile psychiatrique, et Villete se mit à symboliser, pour la jeune nation tout juste sortie d'un communisme tolérant, ce qu'il y avait de pire dans le capitalisme : pour obtenir une place, il suffisait de payer. Lorsqu'on se disputait un héritage ou que l'on voulait se débarrasser d'un parent au comportement inconvenant, on dépensait une fortune pour obtenir le certificat médical qui permettait l'internement de l'enfant ou du parent gênants. Ou bien, pour échapper à des créanciers, ou justifier certaines conduites qui auraient pu aboutir à de longues peines de prison, on passait quelque temps à l'asile et on en ressortait délivré de ses dettes ou des poursuites judiciaires.

Villete était un établissement d'où personne ne s'était jamais enfui. Où se mêlaient les vrais fous – internés par la justice ou envoyés par

27

d'autres hôpitaux – et ceux qui étaient accusés de folie, ou qui feignaient la démence. Il en résultait une véritable confusion, et la presse publiait régulièrement des histoires de mauvais traitements et d'abus, bien qu'elle n'eût jamais obtenu la permission de pénétrer dans l'établissement pour observer ce qui s'y passait. Le gouvernement enquêtait sur les dénonciations sans réussir à trouver de preuves, les actionnaires menaçaient de faire savoir que l'endroit n'était pas sûr pour les investissements étrangers, et l'institution parvenait à rester debout, de plus en plus puissante.

« Ma tante s'est suicidée il y a quelques mois, reprit la voix féminine. Elle avait passé presque huit ans sans vouloir sortir de sa chambre, à manger, grossir, fumer, prendre des calmants, et dormir la plus grande partie du temps. Elle avait deux filles et un mari qui l'aimait. »

Veronika tenta de tourner la tête dans la direction de la voix, mais c'était impossible.

« Je ne l'ai vue réagir qu'une fois : le jour où son mari a pris une maîtresse. Alors, elle a fait un scandale, perdu quelques kilos, cassé des verres et, pendant des semaines entières, ses cris ont empêché les voisins de dormir. Aussi absurde

28

que cela paraisse, je crois que cette période fut la plus heureuse de son existence : elle se battait pour quelque chose, elle se sentait vivante et capable de réagir au défi qui se présentait à elle. »

« Qu'ai-je à voir avec cela ? pensait Veronika, incapable de parler. Je ne suis pas sa tante, je n'ai pas de mari ! »

« Le mari a fini par laisser tomber sa maîtresse, poursuivit la femme. Petit à petit, ma tante est retournée à sa passivité habituelle. Un jour, elle m'a téléphoné pour me dire qu'elle était prête à changer de vie : elle avait arrêté de fumer. La même semaine, après avoir augmenté les calmants pour pallier l'absence de tabac, elle a averti tout le monde qu'elle était sur le point de se suicider.

« Personne ne l'a crue. Un matin, elle m'a laissé un message d'adieu sur mon répondeur et elle s'est tuée en ouvrant le gaz. J'ai écouté plusieurs fois ce message : jamais je ne lui avais entendu une voix aussi calme, aussi résignée. Elle disait qu'elle n'était ni heureuse ni malheureuse, et que c'était pour cela qu'elle n'en pouvait plus. »

Veronika éprouva de la compassion pour la femme qui racontait l'histoire et semblait chercher à comprendre la mort de sa tante. Comment juger, dans un monde où l'on s'efforce de survivre à tout prix, ceux qui décident de mourir ? Personne ne peut juger. Chacun connaît la dimension de sa propre souffrance et sait si sa vie est vide de sens. Veronika aurait voulu expliquer cela, mais le tuyau dans sa bouche la fit s'étrangler, et la femme lui vint en aide.

Veronika la vit se pencher sur son corps attaché, relié à plusieurs tubes, protégé contre sa volonté de la destruction. Elle remua la tête d'un côté à l'autre, implorant du regard qu'on lui retirât ce tube et qu'on la laissât mourir en paix.

« Tu es nerveuse, dit la femme. Je ne sais pas si tu as des regrets ou si tu veux encore mourir, mais cela ne m'intéresse pas. Tout ce qui m'intéresse, c'est de faire mon métier : si le patient se montre agité, le règlement exige que je lui injecte un sédatif. »

Veronika cessa de se débattre, mais l'infirmière lui piquait déjà le bras. En peu de temps, elle était retournée dans un monde étrange, sans rêves, où elle n'avait d'autre souvenir que celui du visage de la femme qu'elle venait d'apercevoir : yeux verts, cheveux châtains, et l'air distant de quelqu'un qui accomplit les choses parce qu'il doit les faire, sans jamais s'interroger sur le pourquoi du règlement.

Paulo Coelho apprit l'histoire de Veronika trois mois plus tard, alors qu'il dînait dans un restaurant algérien à Paris avec une amie slovène qui s'appelait elle aussi Veronika et était la fille du médecin responsable de Villete.

Plus tard, quand il décida d'écrire un livre sur ce thème, il pensa changer le nom de Veronika, son amie, pour ne pas troubler le lecteur, en Blaska, ou Edwina, ou Mariaetzja, ou lui donner quelque autre nom slovène, mais finalement il décida de conserver les prénoms réels. Quand il ferait allusion à Veronika son amie, il l'appellerait « Veronika, l'amie ». Quant à l'autre Veronika, point n'était besoin de la qualifier, car elle serait le personnage central du livre, et les gens se lasseraient de devoir toujours lire « Veronika, la folle », ou « Veronika, celle qui a tenté de se suicider ». De toute manière, lui et Veronika,

31

l'amie, ne feraient irruption dans l'histoire que dans un court passage, celui-ci même.

Veronika, l'amie, était horrifiée de ce que son père avait fait, surtout si l'on considérait qu'il était le directeur d'une institution respectable et travaillait à une thèse qui devait être soumise à l'examen d'une communauté académique conventionnelle.

« Sais-tu d'où vient le mot " asile " ? demanda Veronika. Du droit qu'avaient les gens, au Moyen Age, de chercher refuge dans les églises, lieux sacrés. Le droit d'asile, toute personne civilisée comprend cela ! Alors, comment mon père, directeur d'un asile, peut-il se comporter de cette manière avec quelqu'un ? »

Paulo Coelho voulut savoir en détail tout ce qui s'était passé, car il avait un excellent motif de s'intéresser à l'histoire de Veronika.

Il avait été lui-même interné dans un asile, ou un hospice, ainsi qu'on appelait plutôt ce genre d'hôpital. Et cela non seulement une, mais par trois fois – en 1965, 1966 et 1967. Le lieu de son internement était la maison de santé du Dr Eiras, à Rio de Janeiro.

La raison de cet internement lui était, encore à ce jour, inconnue ; peut-être ses parents avaient-ils été désorientés par son comportement imprévisible, tantôt timide, tantôt extraverti, ou peut-être était-ce à cause de son désir d'être « artiste », ce que tous les membres de sa famille considéraient comme le meilleur moyen de tomber dans la marginalité et de mourir dans la misère.

Quand il songeait à cet événement – et, soit dit en passant, il y songeait rarement –, il attribuait la véritable folie au médecin qui avait accepté de le placer dans un hospice sans aucun motif concret. (Dans toutes les familles, on a toujours tendance à rejeter la faute sur autrui et à nier catégoriquement que les parents savaient ce qu'ils faisaient en prenant une décision aussi radicale.)

Paulo rit en apprenant que Veronika avait rédigé une étrange lettre pour la presse, se plaignant qu'une revue française, et non des moindres, ne sût même pas où se trouvait la Slovénie.

« Personne ne se tue pour cela.

– C'est pour cette raison que la lettre n'a donné aucun résultat, dit, embarrassée, Veronika, l'amie. Hier encore, quand je me suis inscrite à l'hôtel, ils croyaient que la Slovénie était une ville d'Allemagne. »

Il songea que cette histoire lui était très familière, puisque nombre d'étrangers considéraient la ville de Buenos Aires, en Argentine, comme la capitale du Brésil.

Mais, outre le fait que des étrangers venaient allégrement le féliciter pour la beauté d'une ville qu'ils croyaient être la capitale de son pays (qui en réalité était localisée dans le pays voisin), Paulo Coelho avait en commun avec Veronika d'avoir été interné dans un asile pour malades mentaux, « d'où il n'aurait jamais dû sortir », ainsi que l'avait déclaré un jour sa première femme.

Pourtant il en était sorti. Et en quittant définitivement la maison de santé du Dr Eiras, bien décidé à ne jamais y retourner, il avait fait deux promesses : il s'était juré d'écrire sur ce thème ; et d'attendre que ses parents soient morts avant d'aborder publiquement le sujet. Il ne voulait pas les blesser, car tous deux avaient passé des années à se culpabiliser pour ce qu'ils avaient fait.

Sa mère était morte en 1993. Mais son père qui, en 1997, avait eu quatre-vingt-quatre ans, bien qu'il souffrît d'emphysème pulmonaire sans avoir jamais fumé, était toujours en vie, en pleine possession de ses facultés mentales et en bonne santé.

Aussi, lorsqu'il entendit l'histoire de Veronika, Paulo Coelho découvrit-il un moyen d'aborder ce thème sans rompre sa promesse. Bien qu'il n'eût jamais pensé au suicide, il connaissait inti-

mement l'univers d'un hôpital psychiatrique –
les traitements, les relations entre médecins et
patients, le confort et l'angoisse de se trouver
dans un tel lieu.

Alors, laissons Paulo Coelho et Veronika,
l'amie, sortir définitivement de ce livre, et pour-
suivons l'histoire.

Veronika ne savait pas combien de temps elle avait dormi. Elle se souvenait qu'elle s'était réveillée à un certain moment, les appareils de survie encore reliés à la bouche et au nez, et qu'elle avait entendu une voix qui disait : « Veux-tu que je te masturbe ? »

Mais maintenant, alors qu'elle regardait la pièce autour d'elle, les yeux bien ouverts, elle ne savait pas si l'épisode avait été réel ou s'il s'agissait d'une hallucination. Hormis cela, elle ne se rappelait rien, absolument rien.

Les tuyaux avaient été retirés. Mais elle avait encore des aiguilles plantées dans tout le corps, des électrodes connectées au cœur et à la tête, et les bras attachés. Elle était nue, couverte seulement d'un drap, et elle avait froid. Pourtant elle décida de ne pas réclamer de couverture. L'espace où elle reposait, entouré de rideaux verts, était occupé par les machines de l'unité de soins intensifs, son lit et une chaise blanche sur laquelle était assise une infirmière plongée dans la lecture d'un livre.

La femme, cette fois, avait les yeux foncés et les cheveux châtains. Pourtant, Veronika se demanda si c'était la même personne qui lui avait parlé quelques heures – ou étaient-ce quelques jours ? – plus tôt.

« Pouvez-vous détacher mes bras ? »

L'infirmière leva les yeux. « Non », répondit-elle sèchement, et elle se replongea dans son livre.

« Je suis vivante, pensa Veronika. Tout va recommencer. Je devrai passer quelque temps ici, jusqu'à ce qu'ils constatent que je suis parfaitement normale. Ensuite, ils me délivreront un bulletin de sortie, et je retrouverai les rues de Ljubljana, sa place circulaire, ses ponts, les passants qui se rendent au travail ou en reviennent... Comme les gens ont toujours tendance à vouloir aider les autres – uniquement pour se sentir meilleurs qu'ils ne sont en réalité –, on me rendra mon emploi à la bibliothèque. Avec le temps, je me remettrai à fréquenter les mêmes bars et les mêmes boîtes de nuit, je discuterai avec mes amis des injustices et des problèmes dans le monde, je me promènerai autour du lac.

« Comme j'ai choisi les comprimés, je ne suis pas défigurée : je suis toujours jeune, jolie, intelligente, et je n'aurai aucun mal – je n'en ai jamais eu – à trouver des amants. Je ferai l'amour avec un homme chez lui, ou dans la forêt, j'éprouverai un certain plaisir mais, aussitôt après l'orgasme, la sensation de vide reviendra. Nous n'aurons déjà plus grand-chose à nous dire, lui et moi saurons que l'heure est venue d'invoquer un prétexte – " Il est tard ", ou " Demain je dois me lever tôt " –, et nous nous séparerons le plus vite possible, en évitant de nous regarder en face.

« Je retournerai dans la chambre que je loue chez les religieuses. Je m'efforcerai de prendre un livre, j'allumerai la télévision pour regarder toujours les mêmes programmes, je mettrai le réveil pour me réveiller exactement à la même heure que la veille, je répéterai mécaniquement les tâches qui me sont confiées à la bibliothèque. Je mangerai un sandwich dans le jardin en face du théâtre, assise sur le même banc, près d'autres personnes qui choisissent elles aussi les mêmes bancs pour déjeuner, qui ont le même regard vide mais font semblant d'être préoccupées par des choses extrêmement importantes.

« Ensuite, je retournerai au travail, j'écouterai les ragots – qui sort avec qui, qui souffre de quoi, comment Unetelle a pleuré à cause de son mari. Et j'aurai l'impression d'être privilégiée, puisque je suis jolie, que j'ai un emploi et que je séduis autant que je veux. Puis je retournerai dans les bars à la fin de la journée, et tout recommencera.

« Ma mère, qui doit être folle d'inquiétude à cause de ma tentative de suicide, se remettra de sa frayeur et continuera à me demander ce que j'ai l'intention de faire de ma vie, pourquoi je ne ressemble pas aux autres, puisque, en fin de compte, les choses ne sont pas aussi compliquées que je le pense. " Regarde-moi, qui suis mariée depuis des années avec ton père et qui ai cherché à te donner la meilleure éducation et le meilleur exemple possible. "

« Un jour, je me lasserai de l'entendre répéter le même discours et, pour lui faire plaisir, j'épouserai un homme que je m'obligerai à aimer. Lui et moi finirons par trouver un moyen de rêver ensemble à notre avenir, notre maison de campagne, nos enfants, l'avenir de nos enfants. Nous ferons beaucoup l'amour la première année, moins la deuxième, à partir de la troisième année, nous penserons peut-être au sexe une fois tous les quinze jours, et nous transformerons cette pensée en action une seule fois par mois. Pis que cela, nous ne nous parlerons presque plus. Je me forcerai à accepter la situation, je me demanderai ce qui ne va pas chez moi – puisque je ne réussirai plus à l'intéresser, qu'il ne fera pas attention à moi et ne cessera de parler de ses amis comme s'ils étaient son véritable univers.

« Quand notre mariage ne tiendra plus qu'à un fil, je serai enceinte. Nous aurons un enfant; pendant un certain temps, nous serons plus proches l'un de l'autre, mais bientôt la situation redeviendra comme avant.

« Alors, je commencerai à grossir comme la tante de l'infirmière d'hier – ou d'avant-hier, je ne sais pas très bien. Puis j'entreprendrai un régime, systématiquement vaincue, chaque jour, chaque semaine, par le poids qui persistera à augmenter malgré tous mes efforts. A ce moment-là, je prendrai ces drogues magiques qui évitent de sombrer dans la dépression, et je ferai d'autres enfants au cours de nuits d'amour qui passeront trop vite. Je dirai à tout le monde que les enfants sont ma raison de vivre, mais en réalité ils m'obligeront à vivre.

« On nous considérera toujours comme un couple heureux, et personne ne saura ce qu'il y a de solitude, d'amertume, de renoncement derrière cette apparence de bonheur.

« Et puis, un beau jour, quand mon mari prendra sa première maîtresse, je ferai peut-être un scandale comme la tante de l'infirmière, ou je songerai de nouveau à me suicider. Mais je serai vieille et lâche alors, j'aurai deux ou trois enfants qui auront besoin de moi, et je ne pourrai pas tout abandonner avant de les avoir élevés et installés. Je ne me suiciderai pas : je ferai un esclandre, je menacerai de partir avec eux. Lui, comme tous les hommes, reculera, affirmera qu'il m'aime et que cela ne se reproduira pas. Jamais il ne lui viendra à l'esprit que, si je décidais vraiment de partir, je n'aurais d'autre choix que de retourner chez mes parents et d'y passer le reste de ma vie à écouter ma mère se lamenter toute la journée parce que j'aurais perdu une occasion unique d'être heureuse, qu'il était un mari merveilleux malgré ses petits défauts, que mes enfants souffriraient beaucoup à cause de notre séparation.

« Deux ou trois ans plus tard, une autre femme se présentera dans sa vie. Je le découvrirai – je l'aurai vue ou quelqu'un me l'aura raconté –, mais cette fois je ferai semblant de ne pas savoir. J'aurai dépensé toute mon énergie à lutter contre la maîtresse précédente, je n'aurai rien sauvé, il vaudra mieux accepter la vie comme elle est en réalité. Ma mère avait raison.

« Il continuera d'être gentil avec moi, je continuerai mon travail à la bibliothèque, avec mes sandwichs sur la place du théâtre, mes livres que je n'arrive jamais à terminer, les programmes de télévision qui seront identiques dans dix, vingt, cinquante ans. Seulement, j'avalerai les sandwichs en me sentant coupable parce que je grossirai ; et je n'irai plus dans les bars, parce que j'aurai un mari qui m'attendra à la maison pour que je m'occupe des enfants.

« Dès lors, il me faudra patienter jusqu'à ce que les enfants soient grands et penser à longueur de journée au suicide, sans avoir le courage de passer à l'acte. Un beau jour, j'arriverai à la conclusion que la vie est ainsi, que cela n'avance à rien, que rien ne changera. Et je m'adapterai. »

Veronika mit fin à son monologue intérieur et se fit une promesse : elle ne sortirait pas de Villete vivante. Mieux valait en finir tout de suite, pendant qu'elle avait encore le courage et la santé pour mourir.

Elle s'endormit et se réveilla plusieurs fois, notant que les appareils autour d'elle étaient moins nombreux, que la chaleur de son corps augmentait, et que les infirmières changeaient de visage – mais il y avait toujours une présence auprès d'elle. Les rideaux verts laissaient passer le son de pleurs, des gémissements de douleur, ou des voix qui murmuraient sur un ton posé et professionnel. De temps à autre, un appareil bourdonnait dans une pièce voisine, et elle entendait des pas précipités dans le couloir. Perdant alors leur intonation posée, les voix étaient tendues et lançaient des ordres rapides.

Dans un de ses moments de lucidité, une infirmière demanda à Veronika : « Vous ne voulez pas connaître votre état ?

— Je le connais, répondit-elle. Et ce n'est pas ce que vous voyez de mon corps ; c'est ce qui se passe dans mon âme. »

L'infirmière souhaitait poursuivre la conversation mais Veronika feignit de se rendormir.

Quand elle rouvrit vraiment les yeux, Veronika comprit qu'elle avait changé de place – elle se trouvait dans une pièce qui ressemblait à une vaste infirmerie. Elle avait encore, plantée dans le bras, l'aiguille d'une perfusion de sérum, mais tout le reste – tubes, aiguilles – avait disparu.

Un médecin de haute taille, dont la traditionnelle blouse blanche contrastait avec les cheveux et la moustache teints en noir, se tenait debout devant son lit. A côté de lui, un jeune stagiaire serrait une planchette et prenait des notes.

« Depuis combien de temps suis-je ici ? demanda-t-elle, constatant qu'elle parlait avec une certaine difficulté et ne parvenait pas à articuler correctement.

– Deux semaines dans cette chambre, après cinq jours aux urgences, répondit le plus âgé. Et remercie Dieu d'être encore parmi nous. »

Le plus jeune sembla surpris, comme si ces mots n'étaient pas conformes à la réalité. Veronika remarqua aussitôt sa réaction et fut instinctivement sur ses gardes : Etait-elle ici depuis plus longtemps ? Etait-elle encore en danger ? Elle se mit à prêter attention à chaque geste, chaque mouvement des deux hommes ; elle savait qu'il était inutile de leur poser des questions, car jamais ils ne diraient la vérité, mais en s'y prenant intelligemment, elle pourrait deviner ce qui se passait.

« Tes nom, adresse, état civil ct datc de naissance », reprit le médecin le plus âgé.

Veronika énonça son nom, son état civil et sa date de naissance, mais il y avait des blancs dans sa mémoire : elle ne se rappelait plus précisément son adresse.

Le médecin plaça une petite lampe devant ses yeux et les examina de façon prolongée, en silence. Le plus jeune fit de même. Les deux hommes échangèrent des regards impénétrables.

« Tu as dit à l'infirmière de nuit que nous ne pouvions pas voir dans ton âme ? » demanda le plus jeune.

Veronika ne s'en souvenait pas. Elle avait du mal à se rappeler ce qu'elle faisait ici.

« Ton sommeil a été provoqué par les calmants, ce qui peut affecter ta mémoire. S'il te plaît, tâche de répondre à toutes les questions que nous allons te poser. »

Et les médecins entreprirent un interrogatoire absurde : quels étaient les journaux importants à Ljubljana, qui était le poète dont la statue se dressait sur la place principale (ah ! celui-là, elle ne l'oublierait jamais, tous les Slovènes portent l'image de Prešeren gravée dans le cœur), la couleur des cheveux de sa mère, le nom de ses collègues de travail, les ouvrages les plus demandés à la bibliothèque.

Au début, Veronika pensa ne pas répondre, car sa mémoire demeurait confuse. Mais à mesure que le questionnaire avançait, elle reconstruisait ce qu'elle avait oublié. A un moment, elle se souvint qu'elle se trouvait dans un asile, et que les fous ne sont pas du tout tenus d'être cohérents ; mais, pour son propre bien, et pour inciter les médecins à rester près d'elle afin d'en apprendre davantage sur son état, elle fit un effort. A mesure qu'elle citait les noms et les faits, elle retrouvait non seulement ses souvenirs, mais aussi sa personnalité, ses désirs, sa manière de voir la vie. L'idée du suicide, qui le matin lui semblait enterrée sous plusieurs couches de sédatifs, remontait à la surface.

« C'est bien, dit le plus vieux, à la fin de l'interrogatoire.

– Combien de temps encore vais-je rester ici ? »

Le plus jeune baissa les yeux, et Veronika sentit que tout était en suspens, comme si de la réponse à cette question dépendait une nouvelle phase de sa vie, que plus personne ne parviendrait à modifier.

« Tu peux le lui dire, fit le plus âgé. Beaucoup de patients ont déjà entendu les bruits qui courent, et elle finira par l'apprendre d'une façon ou d'une autre ; il est impossible de garder un secret dans cet établissement.

– Eh bien, c'est toi qui as déterminé ton destin, soupira le jeune homme en pesant chaque mot. Alors, voici les conséquences de ton acte : durant le coma provoqué par les narcotiques, ton cœur a été irrémédiablement atteint. Il y a eu une nécrose dans le ventricule...

– Sois plus simple, coupa le plus âgé. Va droit à l'essentiel.

– Ton cœur a été irrémédiablement atteint. Et il va cesser de battre sous peu.

– Qu'est-ce que cela signifie ? demanda Veronika, effrayée.

– Le fait que le cœur cesse de battre signifie une seule chose : la mort physique. J'ignore quelles sont tes croyances religieuses, mais...

– Dans combien de temps ? s'écria-t-elle.

– Cinq jours, une semaine au maximum. »

Veronika se rendit compte que, derrière son apparence et son comportement professionnels, derrière son air inquiet, ce garçon prenait un immense plaisir à ce qu'il disait. Comme si elle méritait ce châtiment, et servait d'exemple à tous les autres.

Elle avait toujours su que bien des gens commentent les horreurs qui frappent les autres comme s'ils étaient très soucieux de les aider, alors qu'en réalité ils se complaisent à la souffrance d'autrui, parce qu'elle leur permet de croire qu'ils sont heureux et que la vie a été généreuse avec eux. Elle détestait ce genre d'individus : elle ne donnerait pas à ce garçon l'occasion de profiter de son état pour camoufler ses propres frustrations.

Elle garda les yeux fixés sur les siens. Et elle sourit : « Alors je ne me suis pas ratée.

– Non », répondit-il.

Mais le plaisir qu'il avait pris à annoncer ces tragiques nouvelles avait disparu.

Pourtant, au cours de la nuit, elle se mit à avoir peur. L'action rapide des comprimés est une chose, l'attente de la mort pendant cinq jours, une semaine, après avoir vécu tout ce qui était possible, en est une autre.

Veronika avait passé sa vie à attendre : le retour de son père du travail, la lettre d'un petit ami qui n'arrivait pas, les examens de fin d'année, le train, l'autobus, un coup de téléphone, le début, la fin des vacances. Maintenant, elle devait attendre la mort, qui avait pris date.

« Cela ne pouvait arriver qu'à moi. Normalement, les gens meurent précisément le jour où il leur paraît impensable de mourir. »

Elle devait sortir de là et dénicher de nouveaux comprimés. Si elle n'y parvenait pas et n'avait d'autre solution que de se jeter du haut d'un immeuble de Ljubljana, eh bien, elle le ferait. Elle avait voulu épargner à ses parents un surcroît de souffrance, mais maintenant elle n'avait plus le choix.

Elle regarda autour d'elle. Tous les lits étaient occupés, les malades dormaient, certaines ronflaient très fort. Les fenêtres étaient munies de barreaux. Au bout du dortoir, une petite lampe était allumée, qui emplissait la pièce d'ombres étranges et permettait une surveillance constante du local. Assise près de la lumière, une femme lisait.

« Ces infirmières doivent être très cultivées. Elles passent leur temps à lire. »

Une vingtaine de lits séparaient Veronika de la femme, le sien étant le plus éloigné de la porte. La jeune fille se leva avec difficulté. A en croire le médecin, elle était restée presque trois semaines sans marcher. L'infirmière leva les yeux et l'aperçut qui s'approchait en portant son flacon de sérum.

« J'ai besoin d'aller aux toilettes », murmurat-elle, craignant de réveiller les autres folles.

D'un geste nonchalant, la femme lui indiqua une porte. L'esprit de Veronika travaillait rapidement, à la recherche d'une issue, d'une brèche, d'un moyen de quitter cet endroit. « Il faut faire vite, pendant qu'ils me croient encore fragile et incapable de réagir. »

Elle regarda attentivement autour d'elle. Les toilettes se trouvaient dans une cabine contiguë dépourvue de porte. Si elle voulait sortir de là, Veronika devrait maîtriser la surveillante par surprise afin de lui subtiliser la clef – mais elle était trop faible pour cela.

« C'est une prison ici ? demanda-t-elle à la surveillante qui avait abandonné sa lecture et suivait à présent du regard tous ses mouvements.

– Non. Un hospice.

– Je ne suis pas folle. »

L'infirmière rit. « C'est exactement ce qu'ils disent tous ici.

– Très bien. Alors je suis folle. Qu'est-ce qu'un fou ? »

La surveillante expliqua à Veronika qu'elle ne devait pas rester trop longtemps debout et elle lui ordonna de regagner son lit.

« Qu'est-ce qu'un fou ? insista Veronika.

– Demandez au médecin demain. Et allez dormir, ou bien je devrai, à contrecœur, vous injecter un calmant. »

Veronika obéit. En regagnant son lit, elle perçut un murmure qui provenait d'un lit : « Tu ne sais pas ce qu'est un fou ? »

Un instant, elle pensa qu'il valait mieux ne pas répondre : elle ne voulait ni se faire des amis ou des relations, ni trouver des alliés pour

51

déclencher un soulèvement général. Elle n'avait qu'une idée fixe : mourir. S'il était impossible de fuir, elle trouverait un moyen de se tuer ici même, le plus tôt possible.

Mais la femme répéta la question : « Tu ne sais pas ce qu'est un fou ?

— Qui es-tu ?

— Je m'appelle Zedka. Regagne ton lit. Ensuite, quand la surveillante te croira couchée, glisse-toi par terre et reviens me voir. »

Veronika retourna à sa place et attendit que la surveillante fût de nouveau concentrée sur son livre. Ce qu'était un fou ? Elle n'en avait pas la moindre idée, parce qu'on donnait à ce mot une signification complètement anarchique : on disait, par exemple, que certains sportifs étaient fous de désirer battre des records ; ou que les artistes étaient fous car ils vivaient dans l'insécurité, contrairement aux gens « normaux ». De plus, Veronika avait déjà croisé des individus qui marchaient dans les rues de Ljubljana à peine couverts en plein hiver, et prédisaient la fin du monde en poussant des chariots de supermarché remplis de sacs et de chiffons.

Elle n'avait pas sommeil. Selon le médecin, elle avait dormi presque une semaine, trop longtemps pour quelqu'un d'habitué à mener une vie dépourvue d'émotions fortes, mais qui avait des horaires de repos rigides. Ce qu'était un fou ? Peut-être valait-il mieux le demander à l'un d'eux.

Veronika s'accroupit, retira l'aiguille de son bras et alla rejoindre Zedka, en essayant de contenir la nausée qui la gagnait ; elle ignorait si l'envie de vomir était due à son cœur affaibli, ou à l'effort qu'elle était en train de faire.

« Je ne sais pas ce qu'est un fou, murmura Veronika. Mais je ne le suis pas. Je suis une sui-cidaire frustrée.

– Le fou est celui qui vit dans son univers, comme les schizophrènes, les psychopathes, les maniaques, c'est-à-dire des gens différents des autres.

– Comme toi ?

– Cependant, continua Zedka, feignant de n'avoir pas entendu ces mots, tu as sans doute déjà entendu parler d'Einstein, pour qui il n'y avait ni temps ni espace, mais une union des deux. Ou de Colomb, qui a affirmé que de l'autre côté de l'océan se trouvait un continent et non un abîme. Ou d'Edmond Hillary, qui a assuré qu'un homme pouvait atteindre le som-met de l'Everest. Ou des Beatles, qui ont composé une musique originale et s'habillaient comme des personnages d'une autre époque. Tous ces gens, et des milliers d'autres, vivaient aussi dans leur univers. »

« Cette démente tient des propos sensés », songea Veronika, en se rappelant les histoires que lui racontait sa mère à propos des saints qui affirmaient parler avec Jésus ou la Vierge Marie. Vivaient-ils dans un monde à part ?

« J'ai vu une femme vêtue d'une robe rouge décolletée, les yeux vitreux, qui marchait dans les rues de Ljubljana, un jour où le thermomètre marquait cinq degrés au-dessous de zéro, dit-elle. Pensant qu'elle était ivre, j'ai voulu l'aider, mais elle a refusé ma veste.

— Peut-être que, dans son univers, c'était l'été ; et que son corps était réchauffé par le désir de quelqu'un qui l'attendait. Quand bien même cette autre personne n'existerait que dans son délire, elle a le droit de vivre et de mourir comme elle l'entend, tu ne crois pas ? »

Veronika ne savait que dire, mais les mots de cette folle avaient un sens. Qui sait si ce n'était pas elle qu'elle avait aperçue à moitié nue dans les rues de Ljubljana ?

« Je vais te raconter une histoire, reprit Zedka. Un puissant sorcier, désireux de détruire un royaume, versa une potion magique dans le puits où buvaient tous ses habitants. Quiconque boirait de cette eau deviendrait fou.

« Le lendemain matin, toute la population but, et tous devinrent fous, sauf le roi qui possé-

54

dait un puits réservé à son usage personnel et à celui de sa famille, auquel le sorcier n'avait pu accéder. Inquiet, le monarque voulut faire contrôler la population et prit une série de mesures de sécurité et de santé publique. Mais les policiers et les inspecteurs avaient eux aussi bu de l'eau empoisonnée et, trouvant absurdes les décisions du roi, ils décidèrent de ne pas les respecter.

« Quand les habitants de ce royaume prirent connaissance des décrets, ils furent convaincus que le roi était bel et bien devenu fou. A grands cris, ils se rendirent au palais et exigèrent qu'il abdique.

« Désespéré, le souverain se prépara à quitter le trône, mais la reine l'en empêcha. " Allons jusqu'à la fontaine et buvons aussi. Ainsi, nous serons comme eux ", suggéra-t-elle.

« Et ainsi fut fait : le roi et la reine burent l'eau de la folie et se mirent aussitôt à tenir des propos insensés. Au même moment, leurs sujets se repentirent : puisque le roi faisait preuve d'une si grande sagesse, pourquoi ne pas le laisser gouverner ?

« Le calme revint dans le pays, même si ses habitants se comportaient toujours d'une manière très différente de leurs voisins. Et le roi put gouverner jusqu'à la fin de ses jours. »

Veronika rit. « Tu ne sembles pas folle, dit-elle.

— Mais je le suis, bien que je sois désormais guérie parce que mon cas est simple : il suffit d'injecter dans mon organisme une certaine substance chimique. J'espère pourtant que cette substance résoudra seulement mon problème de dépression chronique : je veux rester folle, vivre ma vie comme je la rêve, et non de la manière imposée par les autres. Sais-tu ce qu'il y a dehors, au-delà des murs de Villete ?

— Des gens qui ont bu au même puits.

— Exactement, répondit Zedka. Ils se croient normaux parce qu'ils font tous la même chose. Je vais faire semblant d'avoir bu moi aussi de cette eau.

— Eh bien, j'en ai bu, et c'est justement cela mon problème. Je n'ai jamais eu de dépression, ni de grandes joies, ou de tristesses qui aient duré longtemps. Mes problèmes ressemblent à ceux de tout le monde. »

Zedka demeura quelque temps silencieuse. « Tu vas mourir, ils nous l'ont dit. »

Veronika hésita un instant : pouvait-elle faire confiance à cette étrangère ? Mais elle devait prendre le risque.

« Seulement dans cinq ou six jours. Je me demande s'il existe un moyen de mourir avant.

Si tu pouvais, toi ou quelqu'un d'autre ici, me procurer de nouveaux comprimés, je suis certaine que cette fois mon cœur ne le supporterait pas. Comprends combien je souffre de devoir attendre la mort, et aide-moi. »

Avant que Zedka ait pu répondre, l'infirmière se présenta avec une piqûre : « Je peux la faire toute seule. Mais, si vous préférez, je peux aussi appeler les gardiens là dehors, pour qu'ils viennent m'aider.

– Ne gaspille pas ton énergie inutilement, conseilla Zedka à Veronika. Epargne tes forces si tu veux obtenir ce que tu me demandes. »

Veronika se leva, regagna son lit et s'abandonna docilement aux mains de l'infirmière.

Ce fut sa première journée normale dans un asile de fous. Elle sortit de l'infirmerie et prit son petit déjeuner dans le vaste réfectoire où hommes et femmes mangeaient ensemble. Elle constata que, contrairement à ce que l'on montrait dans les films – du tapage, des criailleries, des gens animés de gestes démentiels –, tout semblait baigner dans un silence oppressant ; on aurait dit que personne ne désirait partager son univers intérieur avec des étrangers.

Après le petit déjeuner (acceptable, on ne pouvait imputer à la nourriture la mauvaise réputation de Villete), ils sortirent tous pour un « bain de soleil ». En réalité, il n'y avait pas de soleil, la température était inférieure à zéro, et le parc tapissé de neige.

« Je ne suis pas ici pour me garder en vie, mais pour perdre la vie, dit Veronika à l'un des infirmiers.

– Tout de même, il faut sortir pour le " bain de soleil ".

– C'est vous qui êtes fous : il n'y a pas de soleil !

– Mais il y a de la lumière, et elle contribue à calmer les malades. Malheureusement, notre hiver dure longtemps. Autrement, nous aurions moins de travail. »

Il était inutile de discuter : elle sortit, fit quelques pas tout en regardant autour d'elle et en cherchant de façon déguisée un moyen de fuir. Le mur était haut, ainsi que l'exigeaient autrefois les règles de construction des casernes, mais les guérites destinées aux sentinelles étaient désertes. Le parc était entouré de bâtiments d'apparence militaire, qui abritaient à présent l'infirmerie des hommes et celle des femmes, les bureaux de l'administration et les dépendances du personnel. Au terme d'une première et rapide inspection, Veronika nota que le seul endroit réellement surveillé était la porte principale, où deux gardiens contrôlaient l'identité des visiteurs.

Tout semblait se remettre en place dans sa tête. Pour faire un exercice de mémoire, elle essaya de se souvenir de menus détails, par exemple l'endroit où elle laissait la clef de sa chambre, le disque qu'elle venait d'acheter, le dernier ouvrage qu'on lui avait réclamé à la bibliothèque.

« Je suis Zedka », dit une femme en s'approchant d'elle.

La nuit précédente, Veronika était restée accroupie près du lit tout le temps de leur conversation et n'avait pas pu voir son visage. La femme devait avoir approximativement trente-cinq ans et paraissait absolument normale.

« J'espère que l'injection ne t'a pas trop perturbée. Avec le temps, l'organisme s'habitue, et les calmants perdent de leur effet.

— Je me sens bien.

— Cette conversation que nous avons eue la nuit dernière... ce que tu m'as demandé, tu te rappelles ?

— Parfaitement. »

Zedka la prit par le bras, et elles marchèrent du même pas au milieu des arbres dénudés de la cour. Au-delà des murs, on apercevait la cime des montagnes qui disparaissait dans les nuages.

« Il fait froid, mais c'est une belle matinée, reprit Zedka. C'est curieux, mais je n'ai jamais été déprimée les jours comme celui-ci, nuageux, gris et froids. Quand il faisait ce temps, je sentais la nature en accord avec moi, avec mon âme. Au contraire, quand le soleil apparaissait, que les enfants se mettaient à jouer dans les rues, que tout le monde était heureux parce qu'il faisait beau, je me sentais très mal. Comme s'il était injuste que toute cette exubérance se manifeste sans que je puisse y participer. »

Délicatement, Veronika se libéra de l'étreinte de la femme. Elle n'aimait pas les contacts physiques.

« Tu as interrompu ta phrase. Tu parlais de ma demande.

– Il y a un groupe à l'intérieur de l'établissement. Ce sont des hommes et des femmes qui pourraient tout à fait recevoir leur bulletin de sortie et rentrer chez eux, mais ils refusent de partir. Leurs raisons sont nombreuses : Villete n'est pas aussi terrible qu'on le prétend, même si c'est loin d'être un hôtel cinq étoiles. Ici, tous peuvent dire ce qu'ils pensent, faire ce qu'ils désirent, sans subir aucune sorte de critique : après tout, ils sont dans un hospice. Mais lorsque le gouvernement envoie des inspecteurs, ces hommes et ces femmes se comportent comme de graves déments, puisque certains d'entre eux sont hébergés ici aux frais de l'Etat. Les médecins le savent. Pourtant, il paraît que les patrons ont donné l'ordre de ne rien changer à la situation, étant donné qu'il y a plus de places que de malades.

– Peuvent-ils me trouver des comprimés ?

– Tâche d'entrer en contact avec eux ; ils appellent leur groupe " la Fraternité ". »

Zedka indiqua d'un signe une femme aux cheveux blancs qui tenait une conversation animée avec d'autres femmes plus jeunes.

« Elle s'appelle Maria et fait partie de la Fraternité. Adresse-toi à elle. »

Veronika voulut se diriger vers Maria, mais Zedka l'arrêta : « Pas maintenant : elle s'amuse. Elle ne va pas interrompre un agréable moment uniquement pour se montrer sympathique avec une inconnue. Si elle réagit mal, tu n'auras plus aucune chance de l'approcher. Les fous croient toujours que leur première impression est la bonne. »

Veronika rit de l'intonation que Zedka avait donnée au mot « fous ». Mais elle était inquiète : tout cela semblait si normal, si facile. Après tant d'années passées à se rendre de son travail au bar, du bar au lit d'un petit ami, du lit à sa chambre, de sa chambre à la maison de sa mère, elle vivait maintenant une expérience qu'elle n'avait même jamais rêvée : l'hôpital psychiatrique, la folie, l'asile d'aliénés. Où les gens n'avaient pas honte de s'avouer fous. Où personne n'interrompait une activité plaisante simplement pour être sympathique avec les autres.

Elle se demanda si Zedka parlait sérieusement, ou si c'était une attitude qu'adoptaient les malades mentaux pour laisser croire qu'ils vivaient dans un monde meilleur. Mais quelle importance cela avait-il ? La situation était intéressante et tout à fait inattendue : peut-on imaginer un endroit où les gens font semblant d'être fous pour être libres de réaliser leurs désirs ?

A ce moment précis, le cœur de Veronika se mit à cogner. La conversation avec le médecin lui revint immédiatement à l'esprit, et elle prit peur.

« Je voudrais marcher seule un moment », dit-elle à Zedka. Finalement, elle aussi était folle, et elle n'avait à faire plaisir à personne.

La femme s'éloigna, et Veronika resta à contempler les montagnes par-delà les murs de Villete. Une légère envie de vivre sembla surgir, mais elle l'éloigna avec détermination.

« Je dois rapidement me procurer les comprimés. »

Elle réfléchit à sa situation, qui était loin d'être idéale. Même si on lui offrait la possibilité d'expérimenter toutes les folies qu'elle désirait, elle ne saurait pas quoi en faire.

Elle n'avait jamais eu aucune folie.

Après s'être promenés dans le parc, hommes et femmes se rendirent au réfectoire pour déjeuner. Puis les infirmiers les conduisirent jusqu'à un immense salon, meublé de tables, de chaises, de sofas, d'un piano et d'une télévision. Par de larges fenêtres on pouvait voir le ciel gris et les nuages bas. Aucune n'était munie de barreaux, parce que la salle donnait sur le parc. Les portes-fenêtres étaient fermées à cause du froid, mais Veronika n'aurait eu qu'à tourner la poignée pour pouvoir de nouveau marcher au milieu des arbres.

La plupart des pensionnaires s'installèrent devant la télévision. D'autres regardaient dans le vide, certains parlaient tout seuls à voix basse — mais qui n'a jamais fait cela ? Veronika remarqua que Maria, la femme la plus âgée, s'était rapprochée d'un groupe plus important, dans un coin de la pièce. Quelques pensionnaires se promenaient à proximité. Veronika tenta de se joindre à eux : elle voulait écouter leur conversation. Elle tâcha de dissimuler ses intentions, mais, lorsqu'elle arriva près d'eux, ils se turent et, tous ensemble, la dévisagèrent.

« Qu'est-ce que tu veux ? lui demanda un homme âgé qui paraissait être le chef de la Fraternité (si tant est que ce groupe existât réellement, et que Zedka ne fût pas plus folle qu'elle n'en avait l'air).

– Rien, je ne faisais que passer. »

Tous se regardèrent et hochèrent la tête de façon démente. « Elle ne faisait que passer ! » dit l'un d'eux à son voisin. L'autre répéta la phrase plus fort, et, en peu de temps, tous la reprirent en criant.

Veronika ne savait que faire et la peur la paralysait. Un infirmier à la mine patibulaire vint s'enquérir de ce qui leur arrivait.

« Rien, répondit un membre du groupe. Elle ne faisait que passer. Elle est arrêtée là, mais elle va continuer à passer ! »

Le groupe tout entier éclata de rire. Veronika prit un air ironique, sourit, fit demi-tour et s'éloigna, pour que personne ne remarque ses yeux pleins de larmes. Elle se rendit dans le parc sans même prendre un vêtement chaud. Un infirmier tenta de la convaincre de rentrer, mais un autre arriva bientôt, lui murmura quelque chose, et tous deux la laissèrent en paix, dans le froid. Il était inutile de veiller sur la santé d'un être condamné.

Elle était troublée, tendue, irritée contre elle-même. Jamais elle ne s'était laissé ébranler par des provocations ; elle avait appris très tôt qu'il fallait garder un air froid et distant en toute circonstance. Pourtant, ces fous avaient réussi à réveiller en elle la honte, la peur, la colère, l'envie de les tuer, de les blesser par des mots qu'elle n'avait pas osé prononcer.

Peut-être les comprimés – ou le traitement pour la sortir du coma – avaient-ils fait d'elle une femme fragile, incapable de réagir. Elle avait pourtant affronté au cours de son adolescence des situations autrement plus pénibles et, pour la première fois, elle n'avait pas réussi à ravaler ses larmes ! Elle devait redevenir celle qu'elle était, réagir avec ironie, faire comme si les offenses ne l'atteignaient jamais, car elle leur était supérieure à tous. Qui, dans ce groupe, avait eu le courage de désirer mourir ? Qui, parmi ces gens, planqués derrière les murs de Villete, pouvait lui apprendre la vie ? Jamais elle ne dépendrait de leur aide, pour rien au monde, même s'il lui fallait attendre cinq ou six jours pour mourir.

« Un jour s'est écoulé. Il n'en reste que quatre ou cinq. »

Elle marcha un peu, laissant le froid glacial pénétrer son corps et calmer son sang qui coulait trop vite, son cœur qui battait trop fort.

« Très bien, voilà que les heures me sont littéralement comptées et que j'accorde de l'importance aux commentaires de gens que je n'avais jamais vus et que je ne verrai bientôt plus. Je souffre, je m'irrite, je veux attaquer et me défendre. Pourquoi perdre du temps à cela ? »

Mais la réalité, c'est qu'elle gâchait effectivement le peu de temps qui lui restait à lutter pour se tailler un petit territoire dans cette étrange communauté où vous deviez résister si vous ne vouliez pas que les autres vous imposent leurs règlcs.

« Ce n'est pas possible. Je n'ai jamais été ainsi. Je ne me suis jamais battue pour des sottises. »

Elle s'arrêta au milieu du parc gelé. Justement parce qu'elle pensait que tout était sottise, elle avait fini par accepter ce que la vie lui avait naturellement imposé. Adolescente, elle pensait qu'il était trop tôt pour choisir ; jeune fille, elle s'était persuadée qu'il était trop tard pour changer.

Et à quoi avait-elle dépensé toute son énergie, jusqu'à présent ? A faire en sorte que rien ne change dans sa vie. Elle avait sacrifié nombre de ses désirs afin que ses parents continuent de l'aimer comme ils l'aimaient quand elle était enfant, même si elle savait que le véritable amour se modifie avec le temps, grandit, et découvre de nouvelles manières de s'exprimer. Un jour où elle avait entendu sa mère, en larmes, lui avouer que son mariage était fichu, Veronika était allée trouver son père, elle avait pleuré, menacé, et lui avait finalement arraché la promesse qu'il ne quitterait pas la maison – sans imaginer qu'ils devraient le payer très cher tous les deux.

Quand elle avait décidé de trouver un emploi, elle avait refusé une proposition séduisante dans une entreprise qui venait de s'installer dans son pays tout récemment créé, pour accepter un travail à la bibliothèque publique, où le revenu était faible mais assuré. Elle allait travailler tous les jours à la même heure, laissait entendre clairement à ses supérieurs qu'ils ne devaient pas voir en elle une menace ; elle était satisfaite, elle n'avait pas l'intention de batailler pour une promotion : tout ce qu'elle désirait, c'était son salaire à la fin du mois.

Elle avait loué une chambre au couvent parce que les religieuses exigeaient que toutes les locataires rentrent à une certaine heure et qu'elles fermaient la porte d'entrée à clef après : celle qui restait dehors devrait dormir dans la rue. Ainsi, elle avait toujours une véritable excuse à donner à ses petits amis pour ne pas être obligée de passer la nuit dans des hôtels ou des lits étrangers.

Quand elle rêvait de se marier, elle s'imaginait dans un petit chalet dans les environs de Ljubljana, avec un homme très différent de son père, qui gagnerait assez d'argent pour subvenir aux besoins de sa famille et se satisferait de vivre avec elle au coin du feu, en contemplant les montagnes enneigées.

Elle avait appris à donner aux hommes une quantité précise de plaisir – ni plus, ni moins, juste le nécessaire. Elle n'éprouvait de ressentiment envers personne, car cela aurait impliqué de réagir, de combattre un ennemi, et d'en supporter ensuite les conséquences imprévisibles, la vengeance par exemple.

Quand elle eut enfin obtenu presque tout ce qu'elle désirait dans la vie, Veronika était arrivée à la conclusion que son existence n'avait pas de sens, parce que tous les jours se ressemblaient. Et elle avait décidé de mourir.

Veronika rentra à l'intérieur et se dirigea vers le groupe réuni dans un coin du salon. Les gens bavardaient avec animation, mais à son approche ils firent silence.

Elle alla droit jusqu'à l'homme le plus âgé, qui semblait être le chef, et avant qu'on ait pu la retenir, elle le frappa au visage d'une claque retentissante.

« Vous allez réagir ? demanda-t-elle, assez fort pour être entendue de tous les occupants du salon. Vous allez faire quelque chose ?

– Non. » L'homme se passa la main sur le visage. Un mince filet de sang coula de son nez. « Tu ne nous perturberas pas très longtemps. »

Elle quitta le salon et se rendit à l'infirmerie d'un air triomphant. Elle venait de commettre un geste qu'elle n'avait jamais commis auparavant.

Trois jours s'étaient écoulés depuis l'incident avec le groupe que Zedka appelait la Fraternité. Veronika regrettait d'avoir giflé l'homme – non qu'elle redoutât sa réaction, mais parce que, en raison de ce geste nouveau, elle risquait de se convaincre que la vie en valait la peine, et ce serait une souffrance inutile puisqu'il lui faudrait de toute façon quitter ce monde.

Elle n'eut d'autre issue que de s'éloigner de tout et de tous, et de s'efforcer par tous les moyens d'obéir aux codes et aux règlements de Villete. Elle s'adapta à la routine imposée par la maison de santé : réveil matinal, petit déjeuner, promenade dans le parc, déjeuner, salon, nouvelle promenade, souper, télévision et au lit.

Avant le coucher, une infirmière venait toujours faire sa tournée de distribution de médicaments. Toutes les autres patientes prenaient des comprimés, Veronika était la seule à qui l'on faisait une piqûre. Elle ne protesta jamais ; elle voulut seulement savoir pourquoi on lui donnait autant de calmants, elle qui n'avait jamais eu de problèmes pour dormir. On lui expliqua que la piqûre ne contenait pas un somnifère, mais un remède pour son cœur.

Ainsi, obéissant à la routine, les journées à l'hospice commencèrent à se ressembler. Et à passer plus vite : encore deux ou trois jours, et elle n'aurait plus à se brosser les dents ou à se coiffer. Veronika sentait que son cœur s'affaiblissait rapidement : elle avait des difficultés à reprendre son souffle, elle sentait des douleurs dans la poitrine, elle avait perdu l'appétit, et elle était étourdie chaque fois qu'elle faisait un effort.

Après l'incident avec la Fraternité, elle en était venue à se dire parfois : « Si j'avais eu le choix, si j'avais compris plus tôt que mes journées se ressemblaient parce que tel était mon désir, peut-être... »

Mais la conclusion était toujours la même : « Il n'y a pas de peut-être, parce qu'il n'y a aucun choix. » Et, puisque tout était déterminé, elle retrouvait la paix.

Au cours de cette période, elle noua avec Zedka une relation (pas une amitié, parce que l'amitié exige une longue fréquentation, et que c'était impossible). Elles jouaient aux cartes – cela aide le temps à passer plus vite – et parfois, elles se promenaient ensemble, en silence, dans le parc.

Ce matin-là, peu après le petit déjeuner, tous sortirent pour le « bain de soleil », ainsi que l'exigeait le règlement. Mais un infirmier pria Zedka de retourner à l'infirmerie car c'était le jour du « traitement ».

« De quel " traitement " s'agit-il ? demanda Veronika, qui prenait le café avec elle et avait entendu ces paroles.

– C'est une ancienne méthode, utilisée dans les années 60, mais les médecins pensent qu'elle peut accélérer la guérison. Tu veux voir ?

– Tu m'as dit que tu souffrais de dépression. Ne te suffit-il pas de prendre un médicament pour que ton organisme produise cette substance qui te manque ?

– Tu veux voir ? » insista Zedka.

Voilà qui changerait de la routine, pensa Veronika. Elle allait découvrir quelque chose de neuf, alors qu'elle n'avait plus besoin d'apprendre quoi que soit, si ce n'est la patience. Mais sa curiosité l'emporta et elle acquiesça.

« Ce n'est pas un spectacle, protesta l'infirmier.

— Elle va mourir. Elle n'a rien vécu. Laissez-la venir avec nous. »

Veronika vit la femme se laisser attacher sur le lit, le sourire aux lèvres.

« Expliquez-lui ce qui se passe, demanda Zedka à l'infirmier. Sinon, elle va être effrayée. »

Il se retourna et lui montra une seringue. Il avait l'air ravi d'être traité comme un médecin chargé d'indiquer aux stagiaires les méthodes et les traitements adéquats.

« Cette seringue contient une dose d'insuline, dit-il en donnant à ses propos un ton grave et technique. Les diabétiques l'utilisent pour combattre l'excès de sucre dans le sang. Cependant, quand la dose est beaucoup plus élevée, la chute du taux de sucre provoque l'état de coma. »

Il donna un léger coup sur la seringue, en chassa l'air, et piqua Zedka dans la veine du pied droit.

« C'est ce qui va se produire maintenant. Elle va tomber dans un coma provoqué. N'ayez pas peur si son regard devient vitreux et ne comptez pas qu'elle vous reconnaisse tant qu'elle sera sous l'effet de la médication.

– C'est horrible, c'est inhumain ! Les gens luttent pour sortir du coma, pas pour y tomber !

– Les gens luttent pour vivre, pas pour se suicider », rétorqua l'infirmier, sans que Veronika relevât la provocation. « Et l'état de coma permet à l'organisme de se reposer ; ses fonctions sont alors réduites de façon drastique et la tension disparaît. »

Tout en parlant, il injectait le liquide, et les yeux de Zedka perdaient peu à peu leur éclat.

« Ne t'en fais pas, lui dit Veronika. Tu es absolument normale, l'histoire du roi que tu m'as racontée...

– Ne perdez pas votre temps. Elle ne peut plus vous entendre. »

La femme allongée sur le lit, qui semblait quelques minutes auparavant lucide et pleine de vie, avait maintenant les yeux dans le vague, et un liquide écumeux sortait de sa bouche.

« Qu'avez-vous fait ? cria Veronika à l'infirmier.

– Mon métier. »

Veronika appela Zedka, se mit à hurler, à menacer de prévenir la police, la presse, les associations de défense des droits de l'homme.

« Restez tranquille. Même dans un asile, il faut respecter certaines règles. »

Elle comprit que l'homme parlait sérieusement et elle eut peur. Mais comme elle n'avait plus rien à perdre, elle continua à hurler.

De l'endroit où elle se trouvait, Zedka pouvait voir l'infirmerie : tous les lits étaient vides, sauf un, sur lequel reposait son corps attaché, qu'une jeune fille regardait d'un air épouvanté. Celle-ci ignorait que les fonctions biologiques de la patiente allongée fonctionnaient parfaitement, que son âme flottait dans l'espace, touchant presque le plafond, et connaissait une paix profonde.

Zedka faisait un voyage astral – une expérience qu'elle avait découverte avec surprise quand elle avait reçu son premier choc insulinique. Elle n'en avait parlé à personne. Elle était internée dans cet hospice pour soigner une dépression, et elle avait bien l'intention de le quitter pour toujours dès que sa santé le lui permettrait. Si elle se mettait à raconter qu'elle était sortie de son corps, on penserait qu'elle était plus folle encore qu'à son arrivée à Villete. Néanmoins, après avoir retrouvé ses esprits, elle s'était mise à lire tout ce qu'elle trouvait sur ces deux sujets : le choc insulinique et l'étrange sensation de flotter dans l'espace.

Il n'y avait pas grand-chose concernant le traitement : appliqué pour la première fois aux environs de 1930, il avait été complètement banni des hôpitaux psychiatriques parce qu'il risquait de causer aux patients des dommages irréversibles. Une fois, durant une séance de choc, son corps astral avait visité le bureau du Dr Igor précisément au moment où celui-ci abordait la question avec certains des patrons de l'asile. « Ce traitement est un crime ! disait-il. – Mais il est moins onéreux et plus rapide ! avait rétorqué un des actionnaires. D'ailleurs, qui s'intéresse aux droits du fou ? Personne ne portera plainte ! »

Et pourtant, certains médecins considéraient encore cette méthode comme un moyen rapide de traiter la dépression. Zedka avait cherché, et demandé à emprunter, toutes sortes de textes traitant du choc insulinique, surtout des récits de patients qui l'avaient subi. L'histoire était toujours la même : des horreurs et encore des horreurs, mais aucun d'eux n'avait connu une expérience ressemblant de près ou de loin à ce qu'elle vivait alors.

Elle en avait conclu – avec raison – qu'il n'y avait aucune relation entre l'insuline et la sensation que sa conscience sortait de son corps. Bien au contraire, ce genre de traitement avait tendance à diminuer les facultés mentales du patient.

Elle entreprit donc des recherches sur l'existence de l'âme, parcourut quelques ouvrages d'occultisme, puis, un jour, elle découvrit une abondante littérature qui décrivait exactement ce qu'elle était en train de vivre : cela s'appelait le « voyage astral », et beaucoup de gens en avaient fait l'expérience. Certains avaient décidé de décrire leurs sensations, d'autres étaient même parvenus à développer des techniques permettant de provoquer cet état particulier. Zedka connaissait maintenant ces techniques par cœur, et elle les utilisait toutes les nuits pour se rendre où elle voulait.

Les récits de ces expériences et de ces visions variaient, mais tous évoquaient le bruit étrange et irritant qui précède la séparation du corps et de l'esprit, suivi d'un choc et d'une rapide perte de conscience, et bientôt la paix et la joie de flotter dans l'air, retenu à son corps par un cordon argenté. Un cordon qui pouvait s'étendre à l'infini, même s'il courait des légendes (dans les livres, bien entendu) selon lesquelles la personne mourrait si elle laissait ce fil d'argent se rompre. Mais son expérience avait montré à Zedka qu'elle pouvait aller aussi loin qu'elle le désirait, et que le cordon ne cassait jamais. D'une manière générale, les livres lui avaient été très utiles pour profiter au maximum du voyage astral. Elle avait appris, par exemple, que lorsqu'elle voulait se déplacer d'un endroit à l'autre, elle n'avait qu'à *désirer* se projeter dans l'espace en se représentant l'endroit où elle voulait se rendre. Contrairement au déplacement d'un avion – qui parcourt une certaine distance entre son point de départ et son point d'arrivée –, le voyage astral passait par de mystérieux tunnels. On imaginait donc un endroit, on entrait dans ce tunnel à une vitesse extraordinaire, et le lieu désiré apparaissait.

C'est aussi grâce à ses lectures que Zedka avait cessé de craindre les créatures de l'espace. Aujourd'hui il n'y avait personne dans l'infirmerie, mais à son premier voyage, elle avait rencontré des êtres qui la regardaient et s'amusaient de son air étonné.

Sa première réaction avait été de penser que c'étaient des morts, des fantômes qui habitaient l'endroit. Plus tard, elle se rendit compte que, même si certains esprits désincarnés erraient dans les lieux, il y avait parmi eux beaucoup de gens aussi vivants qu'elle, qui avaient développé la technique du voyage astral ou n'avaient pas conscience de ce qui se passait, parce que, quelque part ici-bas, ils dormaient profondément tandis que leur esprit errait librement de par le monde.

Aujourd'hui, Zedka avait décidé de se promener dans Villete. C'était son dernier voyage astral provoqué par l'insuline, car elle venait de visiter le bureau du Dr Igor et elle avait appris qu'il était sur le point de lui délivrer son bulletin de sortie. Dès l'instant où elle franchirait la porte, jamais plus elle ne reviendrait ici, même en esprit, et elle voulait faire ses adieux maintenant.

Faire ses adieux. C'était le plus difficile : une fois dans un asile, on s'accoutume à la liberté que procure l'univers de la folie, et on finit par prendre de mauvaises habitudes. On n'a plus de responsabilités à assumer, plus à lutter pour son pain quotidien ni à se consacrer à des activités répétitives et ennuyeuses ; on peut rester des heures à contempler un tableau ou à faire des dessins totalement absurdes. Tout est tolérable, parce qu'en fin de compte on est un malade mental. Comme elle en avait fait elle-même l'expérience, l'état de la plupart des malades présente une grande amélioration dès qu'ils entrent à l'hôpital : ils n'ont plus besoin de dissimuler leurs symptômes, et l'ambiance « familiale » qui y règne les aide à accepter leur névrose ou leur psychose.

Au début, Zedka avait été fascinée par Villete, elle avait même songé à rejoindre la Fraternité lorsqu'elle serait guérie. Mais elle comprit que, si elle faisait preuve d'une certaine sagesse, elle pourrait continuer à faire dehors tout ce qui lui plaisait, tant qu'elle parviendrait à affronter les défis de la vie quotidienne. Il suffisait, comme le lui avait dit quelqu'un, de maintenir sa « folie sous contrôle ». Elle pouvait pleurer, s'inquiéter, être irritée comme n'importe quel être humain normal, à condition de ne jamais oublier que, là-haut, son esprit se riait de toutes les difficultés.

Bientôt, elle serait de retour chez elle, auprès de ses enfants et de son mari ; et cet aspect de la vie avait aussi son charme. Elle aurait certainement du mal à trouver du travail – finalement, dans une ville comme Ljubljana, les nouvelles vont vite, et bien des gens étaient au courant de son internement à Villete. Mais son mari gagnait suffisamment d'argent pour subvenir aux besoins de la famille, et elle pourrait profiter de son temps libre pour continuer ses voyages astraux sans la dangereuse influence de l'insuline.

La seule chose qu'elle ne voulait plus jamais revivre, et qui avait causé sa venue à Villete, était la dépression.

Selon certains médecins, la sérotonine, une substance découverte récemment, était en partie responsable de l'état d'esprit de l'être humain. Le manque de sérotonine influait sur la capacité à se concentrer, dormir, manger et jouir des bons moments de l'existence. L'absence totale de cette substance engendrait désespoir, pessimisme, sentiment d'inutilité, fatigue excessive, anxiété, difficulté à prendre des décisions, et l'on finissait par plonger dans une tristesse permanente conduisant à l'apathie totale, voire au suicide.

D'autres médecins, moins novateurs, affirmaient que la dépression était provoquée par des changements radicaux dans la vie d'un individu – par exemple l'exil, la perte d'un être cher, un divorce, des contraintes professionnelles ou familiales accrues. Certaines études modernes, se fondant sur la comparaison du nombre d'internements en hiver et en été, indiquaient qu'un ensoleillement plus faible pouvait constituer l'un des facteurs de la dépression.

Mais, dans le cas de Zedka, la raison était plus simple que tous ne le supposaient : un homme caché dans son passé. Ou plutôt, le fantasme qu'elle avait créé autour d'un homme qu'elle avait connu voilà fort longtemps.

Quelle stupidité ! La dépression, la folie, à cause d'un homme dont elle ne connaissait même plus l'adresse, qu'elle avait aimé éperdument dans sa jeunesse – car, comme toutes les filles de son âge, Zedka avait vécu l'expérience de l'Amour impossible.

Mais, contrairement à ses amies qui se contentaient d'en rêver, elle avait décidé d'aller plus loin : elle avait voulu faire sa conquête. Il vivait de l'autre côté de l'océan, elle avait tout vendu pour aller le retrouver. Il était marié, elle avait accepté le rôle de maîtresse, projetant en secret d'en faire un jour son époux. Il n'avait pas de temps à lui consacrer, mais elle s'était résignée à attendre jour et nuit, dans une chambre d'hôtel minable, ses rares appels téléphoniques. Bien qu'elle fût prête à tout supporter au nom de l'amour, la relation n'avait pas marché. Il ne le lui avait jamais dit ouvertement, mais un jour elle comprit qu'elle n'était pas la bienvenue, et elle rentra en Slovénie.

Pendant plusieurs mois, elle cessa de se nourrir, se remémorant chaque instant passé ensemble, revoyant à l'infini leurs moments de joie et de plaisir intime, tentant de découvrir un signe qui lui permît de croire à l'avenir de cet amour. Ses amis se faisaient du souci pour elle, mais quelque chose dans le cœur de Zedka lui disait que c'était passager : le processus de développement d'une personne comporte un certain prix, et elle le payait sans se plaindre. Un beau matin, elle se réveilla animée d'une immense envie de vivre, elle s'alimenta comme elle ne le faisait plus depuis longtemps et se mit à la recherche d'un emploi. Non seulement elle le trouva, mais elle reçut les marques d'attention d'un jeune homme beau et intelligent, que beaucoup de femmes courtisaient. Un an plus tard, il l'épousa. Elle suscita la jalousie et l'admiration de ses amies. Tous deux allèrent s'installer dans une maison confortable, dont le jardin donnait sur la rivière qui traverse Ljubljana. Ils eurent des enfants, et, l'été, se rendirent en Autriche ou en Italie.

Lorsque la Slovénie décida de se séparer de la Yougoslavie, le mari de Zedka fut appelé à l'armée. Elle était serbe – en d'autres termes, elle représentait « l'ennemi » –, et sa vie menaça de s'effondrer. Au cours des dix jours de tension qui suivirent, tandis que les troupes se préparaient à l'affrontement et que personne ne savait quel serait le résultat de la déclaration d'indépendance ni le sang qu'il faudrait verser pour elle, Zedka prit conscience de son amour. Elle passait tout son temps à prier un Dieu qui, jusque-là, lui avait paru lointain, mais qui désormais était sa seule issue : elle fit aux saints et aux anges toutes sortes de promesses pour que son mari revienne vivant.

Et c'est ce qui arriva. Il revint, les enfants purent aller dans des écoles où l'on enseignait le slovène, et la menace de guerre toucha ensuite la république voisine de Croatie.

Trois ans s'écoulèrent. La guerre avec la Croatie se déplaça vers la Bosnie, et l'on commença à dénoncer les massacres commis par les Serbes. Zedka trouvait injuste de juger criminelle toute une nation à cause des délires de quelques hallucinés. Son existence prit alors un sens inattendu : elle défendit son peuple avec fierté et courage, écrivant des articles pour les journaux, passant à la télévision, organisant des conférences. Tout cela n'avait pas donné grand résultat et, aujourd'hui encore, les étrangers pensaient que *tous* les Serbes étaient responsables de ces atrocités ; cependant, Zedka savait qu'elle avait fait son devoir et qu'elle n'avait pas abandonné ses frères dans un moment difficile. Pour cela, elle avait compté sur l'appui de son mari slovène, de ses enfants et des individus qui n'étaient pas manipulés par les machines de propagande d'un camp ou de l'autre.

Un après-midi, en passant devant la statue de Prešeren, elle se mit à songer à la vie du grand poète slovène. A trente-quatre ans, il entra un jour dans une église et aperçut une jeune adolescente, Julia Primic, dont il tomba éperdument amoureux. Tels les ménestrels d'autrefois, il se mit à composer des poèmes pour elle avec l'espoir de l'épouser.

Or Julia était issue d'une famille de la haute bourgeoisie, et, hormis cette vision fortuite dans l'église, Prešeren ne réussit plus jamais à l'approcher. Mais cette rencontre lui inspira ses plus beaux vers et fit naître la légende qui entoure son nom. Sur la petite place centrale de Ljubljana, la statue du poète garde les yeux fixés dans une certaine direction : en suivant son regard, on découvre, de l'autre côté de la place, le visage d'une femme sculpté dans le mur d'une maison, celle-là même où vivait Julia. Ainsi, même dans la mort, Prešeren contemple pour l'éternité son amour impossible.

Et s'il avait lutté davantage ?

Le cœur de Zedka se mit à battre. Peut-être était-ce le pressentiment d'un malheur ? Et si un accident était arrivé à ses enfants ? Elle se précipita chez elle : ils regardaient la télévision en mangeant du pop-corn.

Mais la tristesse demeura. Zedka se coucha, dormit douze heures ou presque et, à son réveil, elle n'avait plus envie de se lever. L'histoire de Prešeren avait fait resurgir l'image de son premier amant, dont elle n'avait plus jamais eu de nouvelles. Et elle se demandait : « Ai-je suffisamment insisté ? N'aurais-je pas dû accepter le rôle de maîtresse au lieu de vouloir que les choses correspondent à mes attentes ? Ai-je lutté pour mon premier amour avec autant de force que j'ai lutté pour mon peuple ? »

Zedka parvint à s'en convaincre, mais la tristesse demeurait. La maison près de la rivière, le mari qu'elle aimait, les enfants mangeant du pop-corn devant la télévision, tout ce qui lui avait semblé un paradis devint un enfer.

Aujourd'hui, après maints voyages astraux et nombre de rencontres avec les esprits évolués, Zedka savait que tout cela n'était que sottise. Elle s'était servie de son Amour impossible comme d'une excuse, d'un prétexte pour rompre les liens qui la retenaient à la vie qu'elle menait et qui était loin de correspondre à ce qu'elle attendait véritablement d'elle-même.

Pourtant, douze mois plus tôt, elle s'était lancée frénétiquement à la recherche de l'homme qu'elle avait perdu et avait dépensé des fortunes en appels internationaux, mais comme il n'habitait plus la même ville, elle ne put retrouver sa trace. Elle envoya des lettres par courrier express, lettres qui finissaient par lui être retournées. Elle appela tous les amis qui le connaissaient, mais personne n'avait la moindre idée de ce qu'il était devenu.

Son mari ne savait rien, et cela la rendait folle – il aurait dû au moins avoir quelque soupçon, lui faire une scène, s'en aller, menacer de la jeter à la rue. Elle acquit peu à peu la certitude qu'il avait suborné les téléphonistes internationales, les postes, ses amies, et qu'il feignait l'indifférence. Elle vendit les bijoux qu'on lui avait offerts pour son mariage et acheta un billet pour une destination de l'autre côté de l'océan, jusqu'au jour où quelqu'un la persuada que les Amériques formaient un territoire immense et que cela ne servait à rien de partir sans savoir où elle allait.

Un soir, elle se coucha, souffrant d'amour comme elle n'avait jamais souffert, même quand elle avait dû reprendre sa vie quotidienne ennuyeuse à Ljubljana. Elle passa dans sa chambre la nuit, toute la journée, et encore la suivante. Le troisième jour, son mari appela un médecin. Il était trop bon ! Il se faisait du souci pour elle ! Ne comprenait-il pas que Zedka voulait retrouver un autre homme, commettre l'adultère, échanger son existence de femme respectée contre celle d'une pauvre maîtresse clandestine, quitter pour toujours Ljubljana, sa maison, ses enfants ?

Le médecin arriva, elle eut une crise de nerfs, ferma la porte à clef et ne la rouvrit que lorsqu'il fut parti. Une semaine plus tard, elle n'avait même plus la volonté d'aller aux toilettes et se mit à faire ses besoins dans son lit. Elle ne pensait plus, sa tête était complètement occupée par des fragments de souvenirs de l'homme qui la cherchait aussi et ne la retrouvait pas – du moins en était-elle persuadée.

Son mari, exaspérant de générosité, changeait les draps, lui caressait la tête, lui disait que tout irait bien. Les enfants n'entraient plus dans la chambre depuis qu'elle avait giflé l'un d'eux sans aucun motif; après l'incident, elle s'était mise à genoux et lui avait baisé les pieds en implorant son pardon, arrachant sa chemise pour manifester son désespoir et son repentir.

Au bout d'une autre semaine – pendant laquelle elle avait recraché la nourriture qui lui était offerte, avait retrouvé la réalité mais l'avait quittée à plusieurs reprises, avait passé des nuits blanches et dormi des journées entières –, deux hommes entrèrent dans sa chambre sans frapper. L'un d'eux la maintint, l'autre lui fit une piqûre, et elle se réveilla à Villete.

« Dépression, entendit-elle le médecin dire à son mari. Parfois due à un motif très banal. Il manque un élément chimique, la sérotonine, dans son organisme. »

Du plafond de l'infirmerie, Zedka vit l'infirmier arriver, une seringue à la main. La petite était toujours là, immobile, et tentait de parler à son corps, désespérée par son regard vide. Pendant quelques instants, Zedka envisagea de lui raconter tout ce qui se passait, puis elle changea d'avis ; ce que l'on raconte aux gens ne leur apprend jamais rien, ils doivent le découvrir par eux-mêmes.

L'infirmier planta l'aiguille dans son bras et lui injecta du glucose. Comme s'il était tiré en bas par un bras puissant, son esprit quitta le plafond de l'infirmerie, traversa à toute vitesse un tunnel noir et réintégra son corps.

« Hé ! Veronika ! »

La jeune fille avait l'air épouvanté.

« Tu vas bien ?

– Ça va. J'ai heureusement réussi à réchapper de ce dangereux traitement, mais cela ne se répétera plus.

– Comment le sais-tu ? On ne respecte personne ici. »

Zedka le savait parce que, grâce à son corps astral, elle s'était rendue dans le bureau du Dr Igor.

« Je le sais, mais je n'ai pas d'explication. Te rappelles-tu la première question que je t'ai posée ?

– " Qu'est-ce qu'un fou ? "

– Exactement. Cette fois, je vais te répondre sans tricher : la folie, c'est l'incapacité de communiquer ses idées. Comme si tu te trouvais dans un pays étranger : tu vois tout, tu perçois ce qui se passe autour de toi, mais tu es incapable de t'expliquer et d'obtenir de l'aide parce que tu ne comprends pas la langue du pays.

– Nous avons tous ressenti cela un jour.

– Nous sommes tous fous, d'une façon ou d'une autre. »

De l'autre côté des barreaux, le ciel était parsemé d'étoiles et la lune, dans son premier quartier, se levait derrière les montagnes. Les poètes affectionnaient la pleine lune, ils lui avaient consacré des milliers de vers, mais Veronika préférait cette demi-lune, car elle avait encore de l'espace pour grandir, s'étendre et emplir de lumière toute sa surface, avant l'inévitable décadence.

Elle eut envie d'aller jusqu'au piano du salon et de célébrer cette nuit en jouant une sonate apprise au collège. En regardant le ciel par la fenêtre, elle éprouvait une indescriptible sensation de bien-être, comme si l'infini de l'univers manifestait aussi son éternité. Mais elle était séparée de son désir par une porte d'acier, et une femme qui n'en finissait pas de lire. En outre, personne ne jouait du piano à cette heure de la nuit et elle réveillerait tout le voisinage.

Veronika rit. Le « voisinage », c'étaient les dortoirs bourrés de fous, bourrés, quant à eux, de somnifères et de calmants.

Pourtant, la sensation de bien-être persistait. Elle se leva et marcha jusqu'au lit de Zedka, mais celle-ci dormait profondément, peut-être pour se remettre de l'horrible expérience qu'elle venait de subir.

« Retourne te coucher, lui ordonna l'infirmière. Les bonnes petites filles rêvent des anges ou de leurs amoureux.

— Ne me traitez pas comme une enfant. Je ne suis pas une gentille folle qui a peur de tout. Je suis furieuse, j'ai des crises d'hystérie, je ne respecte ni ma vie, ni celle des autres. Alors, aujourd'hui, la folie me prend. J'ai regardé la lune, et je veux parler à quelqu'un. »

L'infirmière l'observa, surprise de sa réaction.

« Vous avez peur de moi ? insista Veronika. Dans un jour ou deux, je serai morte. Qu'ai-je à perdre ?

— Pourquoi ne vas-tu pas faire un tour, ma petite, pour me laisser terminer mon livre ?

— Parce qu'il y a une prison, et une geôlière qui fait semblant de lire uniquement pour laisser croire aux autres qu'elle est une femme intelligente. Mais en réalité, elle est attentive à tout ce qui bouge dans l'infirmerie, et elle garde les clefs

94

de la porte comme si c'était un trésor. C'est sans doute le règlement, et elle obéit, parce qu'elle peut ainsi faire preuve d'une autorité qu'elle n'a pas dans sa vie quotidienne sur son mari et ses enfants. »

Veronika tremblait, sans bien comprendre pourquoi.

« Les clefs ? demanda l'infirmière. La porte est toujours ouverte. Imagine, si je restais enfermée là-dedans avec une bande de malades mentaux !

– Comment ça, la porte est toujours ouverte ? Il y a quelques jours, j'ai voulu sortir de cette pièce, et cette femme est venue me surveiller jusqu'aux toilettes. Qu'est-ce que vous racontez ?

– Ne me prends pas trop au sérieux, poursuivit l'infirmière. C'est un fait, nous n'avons pas besoin d'exercer un contrôle draconien à cause des somnifères. Tu trembles de froid ?

– Je ne sais pas. Je pense que ce doit être mon cœur.

– Va faire un tour, si tu veux.

– A vrai dire, j'aurais bien aimé jouer du piano.

– Le salon est isolé, et ton piano ne dérangera personne. Joue si tu en as envie. »

Le tremblement de Veronika se transforma en sanglots faibles, timides et contenus. Elle se laissa glisser par terre et posa la tête sur les genoux de la femme sans cesser de pleurer.

L'infirmière posa son livre, caressa les cheveux de la jeune fille, laissant la vague de tristesse qui la submergeait disparaître d'elle-même. Elles restèrent toutes les deux ainsi une demi-heure ou presque : l'une pleurait sans dire pourquoi, l'autre la consolait sans connaître la raison de son chagrin.

Enfin les sanglots s'apaisèrent. L'infirmière se leva, prit Veronika par le bras et la conduisit jusqu'à la porte.

« J'ai une fille de ton âge. Quand tu es arrivée ici, avec ta perfusion et tous tes tuyaux, j'ai essayé d'imaginer pourquoi une fille jeune et jolie, qui a la vie devant elle, décide de se tuer.

« Bientôt, des histoires ont commencé à circuler : la lettre que tu as laissée – dont je n'ai jamais cru que c'était le motif réel – et les jours qui te sont comptés à cause d'un problème cardiaque incurable. L'image de ma fille m'obsédait : et si elle décidait de faire une chose pareille ? Pourquoi certaines personnes tentent-elles d'aller à l'encontre de l'ordre naturel des choses, qui est de lutter pour survivre par tous les moyens ?

– C'est pour cela que je pleurais, dit Veronika. Quand j'ai avalé les comprimés, je voulais tuer quelqu'un que je détestais. Je ne savais pas qu'existaient en moi d'autres Veronika que je pourrais aimer.

– Qu'est-ce qui pousse une personne à se détester ?

– Peut-être la lâcheté. Ou l'éternelle peur de se tromper, de ne pas faire ce que les autres attendent. Il y a quelques minutes, j'étais insouciante, j'avais oublié ma condamnation à mort ; quand j'ai de nouveau compris dans quelle situation je me trouvais, j'ai pris peur. »

L'infirmière ouvrit la porte, et Veronika sortit.

« Elle n'aurait pas dû m'interroger comme cela. Que veut-elle, comprendre pourquoi j'ai pleuré ? Ne sait-elle pas que je suis une personne absolument normale, qui partage les désirs et les peurs de tous, et que ce genre de question, à présent qu'il est trop tard, me panique ? »

Tandis qu'elle marchait dans les couloirs, éclairés par la même lumière blafarde que celle de l'infirmerie, Veronika se rendait compte qu'il était trop tard : elle ne parvenait plus à contrôler sa peur.

« Je dois me contrôler. Je suis une personne qui va jusqu'au bout de tout de ce qu'elle décide. »

Au cours de sa vie, c'était vrai, elle avait mené beaucoup de choses jusqu'à leurs ultimes conséquences, mais seulement des choses sans importance. Il lui était arrivé de prolonger des querelles que des excuses auraient résolues, ou de ne plus appeler un homme dont elle était amoureuse parce qu'elle trouvait cette relation stérile. Elle avait été intransigeante justement concernant ce qui était le plus facile : se prouver qu'elle était forte et indifférente alors qu'en réalité elle était fragile, n'avait jamais réussi à briller dans les études ou dans les compétitions scolaires sportives et n'avait pas su maintenir l'harmonie dans son foyer.

Elle avait surmonté ses petits défauts pour mieux se laisser vaincre dans les domaines fondamentaux. Elle se donnait des allures de femme indépendante alors qu'elle avait désespérément besoin de compagnie. Lorsqu'elle arrivait quelque part, tous les yeux se tournaient vers elle mais, en général, elle finissait la nuit seule, au couvent, devant un poste de télévision qui ne captait même pas les chaînes correctement. Elle avait donné à tous ses amis l'impression d'être un modèle enviable, et elle avait dépensé le meilleur de son énergie à s'efforcer d'être à la hauteur de l'image qu'elle s'était fabriquée.

C'est pour cette raison qu'elle n'avait plus assez de forces pour être elle-même – une personne qui, comme tout le monde, avait besoin des autres pour être heureuse. Mais les autres étaient tellement difficiles à comprendre ! Ils avaient des réactions imprévisibles, ils s'entouraient de défenses, comme elle ils manifestaient de l'indifférence à tout. Lorsqu'ils rencontraient quelqu'un de plus ouvert à la vie, ou bien ils le rejetaient instantanément, ou bien ils le faisaient souffrir, le jugeant inférieur et « ingénu ».

Très bien : elle avait peut-être impressionné beaucoup de gens par sa force et sa détermination, mais à quel stade était-elle arrivée ? Le vide. La solitude complète. Villete. L'antichambre de la mort.

Le remords d'avoir tenté de se suicider resurgit, et Veronika le repoussa de nouveau fermement, car à présent elle éprouvait un sentiment qu'elle ne s'était jamais autorisée à éprouver : la haine.

La haine. Elle aurait pu toucher l'énergie destructrice qui émanait de son corps – presque aussi concrète que des murs, des pianos, ou des infirmières. Elle laissa sourdre le sentiment, sans se préoccuper de savoir s'il était bon ou pas – elle en avait assez du contrôle de soi, des masques, des attitudes convenables. Pour les deux ou trois jours qu'il lui restait à vivre, Veronika voulait être totalement inconvenante.

Elle avait commencé par gifler un homme plus âgé qu'elle, elle avait perdu son calme avec l'infirmier, elle avait refusé de se montrer sympathique et de bavarder avec les autres quand elle voulait rester seule, et maintenant elle était suffisamment libre pour ressentir la haine – et assez intelligente, toutefois, pour ne pas se mettre à tout casser autour d'elle, et devoir passer la fin de sa vie dans un lit, abrutie par des sédatifs.

A cet instant elle détesta tout ce qu'elle pouvait : elle-même, le monde, la chaise qui se trouvait devant elle, le radiateur cassé dans un des couloirs, les gens irréprochables, les criminels. Elle était internée dans un hôpital psychiatrique, et elle pouvait sentir des choses que les êtres humains se cachent à eux-mêmes – parce que notre éducation nous apprend uniquement à aimer, à accepter, à chercher des issues, à éviter le conflit. Veronika haïssait tout, mais surtout la façon dont elle avait mené sa vie sans jamais découvrir les centaines de Veronika qui habitaient en elle, et qui étaient intéressantes, folles, curieuses, courageuses, prêtes à prendre des risques.

A un moment donné, elle éprouva aussi de la haine pour la personne qu'elle aimait le plus au monde : sa mère. La parfaite épouse qui travaillait le jour et faisait la vaisselle le soir, sacrifiant sa vie pour que sa fille reçoive une bonne éducation, apprenne à jouer du piano et du violon, s'habille comme une princesse, achète des tennis et des chaussures de marque, pendant qu'elle-même raccommodait la vieille robe qu'elle portait depuis des lustres.

« Comment puis-je haïr quelqu'un qui ne m'a donné que de l'amour ? » pensa Veronika, troublée, et désireuse de corriger ses sentiments. Mais il était trop tard, la haine était libérée, elle avait ouvert les portes de son enfer personnel. Elle haïssait l'amour qui lui avait été donné – parce qu'il ne demandait rien en échange –, ce qui est absurde, irréaliste, contraire aux lois de la nature.

Cet amour avait réussi à l'emplir de culpabilité et lui avait donné envie de correspondre à ses attentes, même si cela impliquait de renoncer à tout ce qu'elle avait rêvé de devenir. Cet amour avait tenté de lui cacher, pendant des années, les défis de l'existence et la pourriture du monde, ignorant qu'un jour elle les découvrirait et n'aurait aucune défense pour les affronter.

Et son père ? Elle haïssait aussi son père. Contrairement à sa mère qui travaillait sans répit, il savait vivre, il l'emmenait dans les bars et au théâtre, ils s'amusaient ensemble et, quand il était encore jeune, elle l'avait aimé en secret, comme on aime non pas un père, mais un homme. Elle le haïssait d'avoir toujours été aussi charmant et aussi chaleureux avec tout le monde, sauf avec sa mère, la seule qui le méritait réellement.

Elle haïssait tout. La bibliothèque avec son amoncellement de livres pleins d'explications sur la vie, le collège où elle avait été obligée de gaspiller des nuits entières à apprendre l'algèbre, bien qu'elle ne connût personne – à l'exception des professeurs et des mathématiciens – qui eût besoin de l'algèbre pour être plus heureux. Pourquoi lui avait-on fait étudier autant d'algèbre et de géométrie, et cette montagne de disciplines absolument inutiles ?

Veronika poussa la porte du salon et, arrivée devant le piano, souleva le couvercle. Elle frappa de toutes ses forces sur le clavier. Un accord fou, décousu, irritant, fit écho dans la pièce vide, se cogna contre les murs et revint à ses oreilles sous la forme d'un son aigu qui semblait lui écorcher l'âme. Mais c'était alors la plus fidèle image de son âme.

Elle se remit à frapper les touches et, de nouveau, les notes dissonantes se réfléchirent de toute part.

« Je suis folle. Je peux faire cela. Je peux haïr, et je peux frapper sur le piano. Depuis quand les malades mentaux savent-ils ordonner les notes ? »

Elle tapa ainsi une, deux, dix, vingt fois et, chaque fois, sa haine semblait diminuer, jusqu'au moment où elle disparut complètement.

Alors, une paix profonde inonda Veronika, et elle retourna regarder le ciel étoilé par la fenêtre, la lune dans son premier quartier – sa préférée – qui emplissait la pièce d'une douce lumière. Il lui vint de nouveau l'impression que l'Infini et l'Eternité marchaient main dans la main et qu'il suffisait de contempler l'un, l'Univers sans limites, pour sentir la présence de l'autre, le Temps infini, immobile, ancré dans le Présent qui contient tous les secrets de la vie. Entre l'infirmerie et le salon, elle avait pu haïr si violemment et si intensément qu'elle n'avait plus de rancune dans le cœur. Elle avait laissé les sentiments négatifs, réprimés durant des années, remonter enfin à la surface. Et maintenant qu'elle les avait *éprouvés*, ils n'étaient plus nécessaires, ils pouvaient disparaître.

Elle demeura silencieuse, vivant l'instant présent, laissant l'amour emplir l'espace que la haine avait abandonné. Quand elle sentit que le moment était venu, elle se tourna vers la lune et interpréta une sonate en son honneur, avec la conscience que celle-ci l'écoutait, qu'elle était fière, et que cela suscitait la jalousie des étoiles. Alors elle joua un morceau en faveur des étoiles, un autre pour le parc, et un troisième destiné aux montagnes invisibles dans la nuit, mais dont elle devinait la présence.

Au beau milieu du deuxième morceau, un fou apparut, Eduard, un schizophrène pour lequel il n'y avait aucun espoir de guérison. Loin de s'effrayer de sa présence, Veronika sourit et, à sa grande surprise, il lui rendit son sourire.

La musique pouvait aussi pénétrer dans son univers reculé, plus lointain que la lune, et accomplir des miracles.

« Il faut que j'achète un nouveau porte-clefs »,
se dit le Dr Igor tout en ouvrant la porte de son
cabinet de consultation à l'hospice de Villete.
Celui-ci partait en morceaux, et le minuscule
écusson en métal qui le décorait venait de tomber par terre.

Le Dr Igor se baissa et le ramassa. Qu'allait-
il faire de cet écusson aux armes de Ljubljana?
Le mieux était de le jeter à la poubelle. Il pouvait aussi le faire réparer. Ou encore l'offrir à
son petit-fils en guise de jouet. Ces deux dernières hypothèses lui paraissaient également
absurdes; un porte-clefs ne coûtait pas très
cher, et son petit-fils ne s'intéressait pas du
tout aux écussons – il passait son temps à
regarder la télévision ou à s'amuser avec des
jeux électroniques importés d'Italie. Tout de
même, il ne le jeta pas; il le mit dans sa

poche, et déciderait plus tard de ce qu'il en ferait.

C'est précisément pour cette raison qu'il était directeur d'hôpital psychiatrique, et non pas un de ses malades : parce qu'il réfléchissait longtemps avant de prendre une décision.

Il alluma l'interrupteur – c'était l'hiver, et le jour se levait de plus en plus tard. L'absence de lumière était, avec les déménagements ou les divorces, l'une des causes principales de l'augmentation du nombre de dépressions. Le Dr Igor souhaitait ardemment l'arrivée du printemps, qui résoudrait la moitié de ses problèmes.

Il regarda l'emploi du temps de la journée. Il devait examiner les mesures à prendre pour ne pas laisser Eduard mourir de faim ; sa schizophrénie le rendait imprévisible et, à présent, il avait totalement cessé de se nourrir. Le Dr Igor avait déjà prescrit une alimentation par intraveineuse, mais il ne pouvait maintenir ce régime indéfiniment. Eduard avait vingt-huit ans, il était vigoureux et, malgré les perfusions, il finirait par maigrir jusqu'à devenir squelettique.

Le père d'Eduard était l'un des ambassadeurs les plus célèbres de la jeune république slovène, l'un des artisans des délicates négociations qui avaient été menées avec la Yougoslavie au début des années 90. Quelle serait sa réaction ? Finalement, cet homme avait réussi à travailler durant des années dans l'intérêt de Belgrade, il avait survécu à ses détracteurs – qui l'accusaient d'avoir servi l'ennemi – et appartenait toujours au corps diplomatique, comme représentant toutefois d'un pays différent. C'était un homme puissant et influent, que tout le monde craignait.

Le Dr Igor s'inquiéta un instant – comme, auparavant, il s'était inquiété pour l'écusson de son porte-clefs –, mais il chassa aussitôt cette pensée de son esprit : pour l'ambassadeur, peu importait que son fils ait belle ou vilaine apparence ; il n'avait pas l'intention de l'emmener dans les cérémonies officielles, et ne désirait pas qu'il l'accompagnât dans les endroits où il était désigné comme représentant officiel du gouvernement. Eduard était à Villete, et il y resterait à tout jamais, pendant que son père continuerait à gagner des sommes colossales.

Le Dr Igor décida qu'il supprimerait l'alimentation par intraveineuse et laisserait Eduard s'amaigrir jusqu'à ce qu'il ait, de lui-même, envie de manger. Si la situation empirait, il ferait un rapport et rejetterait la responsabilité sur le conseil de médecins qui administrait Villete. « Si tu ne veux pas t'attirer d'ennuis, partage toujours la responsabilité », lui avait enseigné son père, lui aussi médecin, et qui avait eu bien des morts sur les bras, mais aucun problème avec les autorités.

Une fois prescrite l'interruption du traitement d'Eduard, le Dr Igor passa au cas suivant : le rapport disait que la patiente Zedka Mendel avait terminé sa période de soins et pouvait recevoir son bulletin de sortie. Le praticien voulait s'en assurer par lui-même ; rien de pire pour un médecin que de recevoir des réclamations de la famille des malades qui passaient par Villete. Et cela arrivait fréquemment car, après un séjour dans un hôpital psychiatrique, le patient parvenait rarement à se réadapter à la vie normale.

Ce n'était pas la faute de cet hospice. Ni d'aucun des établissements disséminés – le bon Dieu seul savait où – aux quatre coins du monde, où le problème de la réadaptation des internés se posait de façon cruciale. De même que la prison ne corrigeait jamais le prisonnier mais lui apprenait seulement à commettre davantage de crimes, de même dans les hôpitaux psychiatriques les malades s'habituaient à un univers totalement irréel, où tout était permis et où personne n'avait à répondre de ses actes.

De sorte qu'il restait une seule issue : découvrir le traitement de la démence. Le Dr Igor s'était engagé à corps perdu dans cette voie et il préparait une thèse qui allait révolutionner le milieu psychiatrique. Dans les asiles, les malades temporaires qui fréquentaient des patients irrécupérables entraient dans un processus de dégénérescence sociale qu'il était par la suite impossible de stopper. Cette Zedka Mendel finirait par revenir à l'hospice, de son plein gré cette fois, se plaignant de maux fictifs, uniquement pour retrouver des gens qui semblaient la comprendre mieux que le monde extérieur ne le faisait.

Mais s'il découvrait le moyen de combattre le Vitriol – selon lui, le poison responsable de la folie –, le nom du Dr Igor entrerait dans l'histoire, et la Slovénie serait définitivement placée sur la carte. Cette semaine, une chance lui était tombée des cieux en la personne d'une suicidée potentielle, et il n'avait pas l'intention de laisser passer une telle occasion, pas pour tout l'or du monde.

Le Dr Igor se réjouit. Bien que, pour des raisons économiques, il fût encore obligé d'appliquer des traitements que la médecine avait condamnés depuis longtemps – le choc insulinique, par exemple –, toujours pour des motifs financiers Villete innovait dans le traitement psychiatrique. Non seulement le Dr Igor disposait de temps et d'éléments pour ses recherches sur le Vitriol, mais il comptait encore sur l'appui des patrons pour maintenir à l'asile le groupe appelé la Fraternité. Les actionnaires de l'institution avaient permis que fût toléré – pas encouragé, notez-le bien, mais *toléré* – un internement plus long qu'il n'était nécessaire. Leur argument était que, pour des raisons d'humanité, on devait donner aux malades récemment guéris la possibilité de décider quel était pour eux le meilleur moment de se réinsérer dans la société ; ainsi un groupe avait-il décidé de demeurer à Villete, comme dans un bon hôtel, ou un club où se réunissent des personnes ayant des affinités. Si bien que le Dr Igor parvenait à maintenir dans un même lieu des fous et des individus sains, et faisait en sorte que les derniers exercent une influence positive sur les premiers. Pour éviter que les choses ne dégénèrent et que les fous ne finissent par contaminer ceux qui étaient guéris, tous les membres de la Fraternité devaient sortir de l'établissement au moins une fois par jour.

Le médecin savait que les motifs avancés par les actionnaires pour autoriser la présence de patients guéris à l'intérieur de l'asile – par « humanité », affirmaient-ils – n'étaient qu'une excuse. Ils craignaient en réalité qu'il n'y eût pas à Ljubljana, la charmante petite capitale de la

Slovénie, assez de fous fortunés pour subvenir aux frais qu'engendrait cette structure moderne et coûteuse. En outre, le système de santé publique comptait des asiles de premier ordre, ce qui plaçait Villete en position désavantageuse.

Lorsque les actionnaires avaient fait transformer l'ancienne caserne en hospice, leur cible était les hommes et les femmes susceptibles d'être touchés par la guerre. Mais, contrairement à toutes leurs prévisions et leurs espérances, la guerre avait duré fort peu de temps. Plus tard, ils découvrirent que, selon des études récentes dans le domaine de la santé mentale, les guerres faisaient certes des victimes, à un degré bien moindre cependant que la tension, l'ennui, les maladies congénitales, la solitude et le rejet. Lorsqu'une collectivité était confrontée à un grave problème, la guerre par exemple, ou l'hyperinflation, ou encore la peste, on notait un faible accroissement du nombre de suicides et une importante diminution des cas de dépression, de paranoïa, de psychose. Ceux-ci revenaient à leurs indices habituels dès que la difficulté avait été surmontée, ce qui indiquait – le Dr Igor le comprenait ainsi – que l'être humain ne s'offre le luxe d'être fou que lorsque les conditions sont favorables.

Il avait sous les yeux une étude récente provenant cette fois du Canada – qu'un journal américain venait de reconnaître comme le pays détenant le niveau de vie le plus élevé du monde. Le Dr Igor lut :

Selon Statistics Canada, *ont déjà souffert d'un certain type de maladie mentale :*

40 % des personnes âgées de 15 à 34 ans;

33 % des personnes âgées de 35 à 54 ans;

20 % des personnes âgées de 55 à 64 ans.

On estime que 1 individu sur 5 souffre d'un certain type de désordre psychiatrique.

1 Canadien sur 8 sera hospitalisé au moins une fois dans sa vie pour troubles mentaux.

« Excellent marché, c'est mieux que chez nous ! se dit-il. Plus les gens peuvent être heureux, plus ils sont malheureux. »

Il analysa encore quelques cas, pesant soigneusement ceux qu'il devait présenter au conseil et ceux qu'il pouvait résoudre seul. Quand il eut terminé, le jour était totalement levé et il éteignit la lampe.

Puis il fit entrer sa première visiteuse, la mère de cette patiente qui avait tenté de se suicider.

« Je suis la mère de Veronika. Comment va ma fille ? »

Le Dr Igor se demanda s'il devait lui dire la vérité — après tout, il avait une fille du même nom —, mais il décida qu'il valait mieux se taire.

« Nous ne savons pas encore, mentit-il. Nous verrons dans une semaine.

— Je ne sais pas pourquoi Veronika a fait cela, reprit en pleurant la femme qui se tenait devant lui. Nous sommes des parents très affectueux, nous avons tenté de lui donner, au prix de grands sacrifices, la meilleure éducation possible. Même si nous avions quelques problèmes conjugaux, nous avons gardé notre famille unie, comme un exemple de persévérance face à l'adversité. Elle a un bon emploi, elle n'est pas laide, et pourtant...

— ... et pourtant, elle a tenté de se tuer, intervint le Dr Igor. Ne soyez pas surprise, madame, c'est ainsi. Les gens sont incapables de comprendre le bonheur. Si vous le désirez, je peux vous montrer les statistiques du Canada.

— Du Canada ? »

La femme lui jeta un regard étonné.

Constatant qu'il avait réussi à la distraire, le Dr Igor poursuivit : « Regardez, vous venez jusqu'ici non pas pour savoir comment va votre fille, mais pour vous excuser du fait qu'elle ait tenté de commettre un suicide. Quel âge a-t-elle ?

113

– Vingt-quatre ans.

– C'est donc une femme mûre, éveillée, qui sait déjà très bien ce qu'elle désire et qui est capable de faire des choix. Quel rapport cela a-t-il avec votre mariage, ou avec votre sacrifice et celui de votre mari ? Depuis combien de temps vit-elle seule ?

– Six ans.

– Vous voyez ! Indépendante jusqu'au fond de l'âme. Et pourtant, parce qu'un médecin autrichien – le Dr Sigmund Freud, je suis certain que vous avez déjà entendu parler de lui – a décrit dans ses ouvrages des relations malsaines entre parents et enfants, aujourd'hui encore tout le monde se sent coupable de tout. Les Indiens pensent-ils que le fils qui est devenu assassin est une victime de l'éducation de ses parents ? Répondez-moi.

– Je n'en ai pas la moindre idée », répondit la femme. que le médecin surprenait de plus en plus. Peut-être avait-il été contaminé par ses propres patients.

« Eh bien, je vais vous donner la réponse, reprit le Dr Igor. Les Indiens pensent que l'assassin est coupable, et non la société, ou ses parents, ou ses ancêtres. Un Japonais commet-il un suicide parce qu'un de ses enfants a décidé de se droguer et de tirer des coups de feu dans la rue ? La réponse est encore : non ! Et remarquez bien, les Japonais, pour autant que je sache, se suicident pour n'importe quoi. L'autre jour, j'ai même lu dans le journal qu'un jeune garçon s'était tué parce qu'il avait échoué à son examen d'entrée à la faculté.

– Est-ce que je peux parler à ma fille ? demanda la femme, qui se moquait éperdument des Japonais, des Indiens ou des Canadiens.

– Tout de suite, répondit le Dr Igor, un peu irrité par cette interruption. Mais d'abord, je veux que vous compreniez ceci : excepté quelques cas pathologiques graves, les gens deviennent fous quand ils essaient d'échapper à la routine. Avez-vous compris ?

– J'ai très bien compris. Et si vous pensez que je ne serai pas capable de m'occuper d'elle, vous pouvez être tranquille : je n'ai jamais tenté de changer ma vie.

– C'est bien. » Le Dr Igor manifestait un certain soulagement. « Avez-vous déjà imaginé un monde où nous ne serions pas obligés de répéter la même chose tous les jours de notre vie ? Si nous décidions, par exemple, de ne manger qu'à l'heure où nous avons faim, comment s'organiseraient les maîtresses de maison et les restaurants ? »

« Il serait plus normal de ne manger que lorsque nous avons faim », songea la femme, qui

115

garda le silence de peur qu'on ne l'empêchât de parler à Veronika.

« Ce serait une gigantesque confusion, admit-elle. Je suis maîtresse de maison, je sais de quoi je parle.

– Alors nous mangeons au petit déjeuner, au déjeuner, au dîner. Nous devons nous réveiller tous les jours à une heure déterminée, et nous reposer une fois par semaine. Il y a Noël pour offrir des cadeaux, Pâques pour passer trois jours au bord du lac. Seriez-vous contente si votre mari, pris d'un subit accès de passion, décidait de faire l'amour dans le salon ? »

« De quoi cet homme parle-t-il ? Je suis venue voir ma fille ! »

« Je serais attristée, répondit-elle avec prudence, espérant ne s'être pas trompée.

– Très bien, vociféra le Dr Igor. On fait l'amour dans un lit. Sinon, on donne le mauvais exemple et on sème l'anarchie.

– Puis-je voir ma fille ? » glissa la femme pour clore la discussion.

Le Dr Igor se résigna ; cette paysanne ne comprendrait jamais de quoi il parlait, elle se fichait de débattre de la folie d'un point de vue philosophique, même si elle savait que sa fille avait fait une tentative de suicide et était tombée dans le coma.

116

Il appuya sur une sonnette et sa secrétaire entra.

« Faites appeler la petite du suicide, ordonna-t-il. Celle qui a écrit aux journaux en expliquant qu'elle se tuait pour montrer où se trouvait la Slovénie. »

« Je ne veux pas la voir. J'ai coupé tous les liens qui me rattachaient au monde. »

Veronika avait eu du mal à prononcer ces mots au beau milieu du salon, en présence de tous les malades. Mais l'infirmier non plus n'avait pas été très discret, il l'avait prévenue à voix haute que sa mère l'attendait, comme si ce sujet intéressait tout le monde.

Elle ne voulait pas voir sa mère, cette rencontre ne servirait qu'à les faire souffrir toutes les deux. Il valait mieux que sa mère la considérât comme morte ; Veronika avait toujours détesté les adieux.

L'homme repartit par où il était venu, et elle se replongea dans la contemplation des montagnes. Le soleil était enfin de retour – elle le savait depuis la nuit précédente, car la lune le lui avait confié pendant qu'elle jouait du piano.

« Non, je suis folle, je perds le contrôle de moi. Les astres ne parlent pas, sauf à ceux qui se disent astrologues. Si la lune s'est entretenue avec quelqu'un, c'est avec ce schizophrène. »

Elle sentit soudain un point dans la poitrine, et son bras s'engourdit. Veronika vit le plafond tourner : une crise cardiaque !

Elle éprouva une sorte d'euphorie, comme si la mort la libérait de la peur de mourir. Dans un instant, tout serait fini ! Peut-être ressentirait-elle une certaine douleur, mais que représentaient cinq minutes d'agonie en échange d'une éternité de silence ? Sa seule réaction fut de fermer les yeux : ce qui lui faisait le plus horreur, c'était de voir, dans les films, les morts les yeux grands ouverts.

Mais la crise cardiaque était bien différente de ce que Veronika avait imaginé ; sa respiration devint difficile et, horrifiée, elle découvrit qu'elle était sur le point de connaître l'expérience qu'elle redoutait le plus : l'asphyxie. Elle allait mourir comme si elle était enterrée vivante, ou attirée brutalement vers le fond de la mer.

Elle chancela, tomba, sentit un coup violent contre son visage, fit un effort colossal pour respirer – mais l'air ne pénétrait pas dans ses poumons. Pis que tout, la mort ne venait pas. Veronika était totalement consciente de ce qui se passait autour d'elle, elle percevait encore les couleurs et les formes. Elle avait seulement du mal à entendre ce que disaient les autres – leurs cris et leurs exclamations semblaient lointains, comme s'ils venaient d'un autre monde. Hormis cela, tout était réel : son souffle était bloqué, il avait simplement cessé d'obéir à ses poumons et à ses muscles, mais elle ne perdait toujours pas conscience.

Elle sentit que quelqu'un la soulevait et la retournait sur le dos. Désormais, elle ne contrôlait plus le mouvement de ses yeux, et ils tournoyaient dans leurs orbites, envoyant à son cerveau des centaines d'images, la sensation de suffocation se mêlant à la plus complète confusion visuelle.

Peu à peu les images elles aussi devinrent lointaines, et quand l'agonie atteignit son point culminant, l'air s'engouffra enfin dans sa cage thoracique avec un bruit terrible qui paralysa d'effroi tous les occupants de la salle.

Veronika se mit à vomir de façon convulsive. Après que l'on eut frôlé la tragédie, quelques fous se mirent à rire de la scène, et elle se sentit humiliée, perdue, incapable de réagir.

Un infirmier se précipita et lui fit une piqûre au bras.

« Calmez-vous. C'est fini.

— Je ne suis pas morte ! hurla-t-elle tout en se traînant vers les autres pensionnaires et en souillant le sol de ses vomissures. Je suis toujours dans ce sale hospice, obligée de vivre parmi vous ! Je meurs de mille morts chaque jour, chaque nuit, sans que personne ait pitié de moi ! »

Elle se tourna vers l'infirmier, lui arracha la seringue et la jeta en direction du jardin.

« Qu'est-ce que vous voulez ? Pourquoi ne m'injectez-vous pas du poison puisque vous savez que je suis déjà condamnée ? Où sont vos sentiments ? »

Incapable de se contrôler plus longtemps, elle s'assit de nouveau par terre et pleura de façon compulsive, criant, sanglotant bruyamment, tandis que certains malades riaient et critiquaient ses vêtements tachés.

« Donnez-lui un calmant, lança un médecin en se précipitant dans la salle. Contrôlez la situation ! »

Mais l'infirmier était paralysé. Le praticien ressortit et revint avec deux infirmiers et une nouvelle seringue. Les hommes s'emparèrent de la créature hystérique qui se débattait au milieu de la pièce, tandis que le médecin injectait le calmant jusqu'à la dernière goutte dans la veine d'un bras barbouillé de vomissures.

Elle se trouvait dans le cabinet de consultation du Dr Igor, couchée sur un lit recouvert d'un drap frais d'un blanc immaculé.

Il écoutait les battements de son cœur. Elle fit semblant d'être encore endormie, mais quelque chose en elle avait dû changer car le médecin parla avec la certitude d'être entendu :

« Sois tranquille. Avec la santé que tu as, tu peux vivre centenaire. »

Veronika ouvrit les yeux. Quelqu'un lui avait mis des vêtements propres. Etait-ce le Dr Igor ? L'avait-il vue nue ? Son esprit fonctionnait avec difficulté.

« Qu'avez-vous dit ?

– Je t'ai dit de ne pas t'inquiéter.

– Non. Vous avez dit que j'allais vivre cent ans. »

Le médecin se dirigea vers son bureau.

« Vous avez dit que j'allais vivre cent ans, insista Veronika.

– En médecine, rien n'est jamais sûr, se déroba le Dr Igor. Tout est possible.

– Comment va mon cœur ?

– Rien de nouveau. »

Alors, il ne lui en fallait pas plus. Devant un cas grave, les médecins disent « Vous vivrez cent ans », ou « Ce n'est rien de sérieux », ou « Vous avez un cœur et une tension de jeune homme », ou encore « Nous devons refaire les examens ». On dirait qu'ils ont peur que le patient ne démolisse tout dans leur cabinet.

Elle tenta de se lever mais n'y parvint pas ; la pièce s'était mise à tourner.

« Reste allongée encore un peu, jusqu'à ce que tu te sentes mieux. Tu ne me déranges pas. »

« Tant mieux, pensa Veronika. Mais dans le cas contraire ? »

En médecin expérimenté qu'il était, le Dr Igor demeura silencieux quelque temps, feignant de s'intéresser aux papiers éparpillés sur son bureau. Quand nous nous trouvons devant une personne qui garde le silence, la situation devient exaspérante, tendue, insupportable. Le Dr Igor avait l'espoir que la jeune fille se mettrait à parler, et qu'il pourrait ainsi recueillir de nouvelles données pour sa thèse sur la folie et la méthode de soins qu'il développait.

Mais Veronika ne dit pas un mot.

« Peut-être est-elle déjà à un stade très avancé d'empoisonnement par le Vitriol », songea le Dr Igor, cependant qu'il décidait de rompre le silence.

« Il paraît que tu aimes jouer du piano, commença-t-il, d'un air qui se voulait désinvolte.

— Et les fous aiment m'entendre jouer. Hier, il y en a un qui est resté collé près du piano.

— Oui, Eduard. Il a raconté à quelqu'un qu'il avait adoré cela. Peut-être va-t-il de nouveau s'alimenter normalement ?

— Un schizophrène qui aime la musique ? Et qui le raconte aux autres ?

— Oui. Et je parie que tu n'as pas la moindre idée de ce que cela signifie. »

Ce médecin, qui, avec ses cheveux teints en noir, ressemblait plutôt à un patient, avait raison. Veronika avait entendu ce mot très souvent, mais elle n'avait pas la moindre idée de ce qu'il voulait dire.

« Cela se soigne ? demanda-t-elle dans l'espoir d'en apprendre davantage sur les schizophrènes.

— Cela se contrôle. On ne sait pas encore très bien ce qui se passe dans l'univers de la folie :

tout est récent, et les traitements changent tous les dix ans. Un schizophrène est un être qui a déjà une tendance naturelle à se détacher de ce monde, jusqu'au jour où, après un événement – grave ou superficiel, selon l'histoire de chacun –, il se crée une réalité pour lui seul. Le cas peut évoluer jusqu'à une absence totale – que nous appelons catatonie –, ou connaître des améliorations, ce qui permet au patient de travailler, de mener une vie pratiquement normale. Cela dépend d'une seule chose : le milieu.

– Se crée une réalité pour lui seul, répéta Veronika. Mais qu'est-ce que la réalité ?

– C'est ce que la majorité considère qu'elle est. Ce n'est pas nécessairement le meilleur, ni le plus logique, mais ce qui s'est adapté au désir collectif. Tu vois ce que je porte autour du cou ?

– Une cravate.

– C'est cela. Ta réponse est la réponse logique, cohérente, d'une personne normale : une cravate ! Mais un fou dirait que c'est un morceau d'étoffe de couleur, ridicule, inutile, accroché d'une manière compliquée, qui finit par rendre difficile la respiration et par gêner les mouvements de la tête. Si je suis distrait en passant près d'un ventilateur, je peux mourir étranglé par ce bout de tissu.

« Si un fou me demandait à quoi sert une cravate, je devrais répondre : absolument à rien.

Pas même d'ornement, parce que de nos jours elle est devenue un symbole d'aliénation, de pouvoir, ou le signe d'une attitude réservée. La seule utilité réelle de la cravate, c'est qu'on la retire, sitôt rentré chez soi, pour se donner l'impression d'être libéré de quelque chose, mais on ne sait même pas de quoi.

« Cette sensation de soulagement justifie-t-elle l'existence de la cravate ? Non. Néanmoins, si je demandais ce que je porte autour du cou à un fou et à une personne normale, celui qui répondrait : " Une cravate " serait considéré comme sain. Ce qui importe, ce n'est pas celui qui donne une bonne réponse, mais celui qui a raison.

— D'où vous avez conclu que je n'étais pas folle, car j'ai donné le nom approprié à l'étoffe de couleur. »

« Non, tu n'es pas folle », pensa le Dr Igor, une autorité en la matière, dont tous les diplômes étaient encadrés et accrochés au mur de son cabinet. Attenter à sa vie était le propre de l'être humain. Il connaissait beaucoup de gens qui le faisaient, et pourtant ils étaient toujours en liberté, sous l'apparence de l'innocence et de la normalité, pour la bonne raison qu'ils n'avaient pas choisi la scandaleuse méthode du suicide. Ils

126

se tuaient à petit feu, s'empoisonnant au moyen de ce que le Dr Igor appelait le Vitriol.

Le Vitriol était un produit toxique dont il avait identifié les effets au cours de ses conversations avec les hommes et les femmes qu'il avait rencontrés. Il rédigeait maintenant une thèse sur le sujet, thèse qu'il soumettrait pour étude à l'Académie des sciences de Slovénie. C'était le pas le plus important dans le domaine de la connaissance de la démence, depuis que le Dr Pinel avait fait supprimer les chaînes qui entravaient les malades, épouvantant le monde de la médecine en affirmant que certains d'entre eux avaient la possibilité de guérir.

De même que la libido – une réaction chimique responsable du désir sexuel que le Dr Freud avait reconnue, mais qu'aucun laboratoire n'avait jamais été capable d'isoler –, le Vitriol était distillé dans l'organisme des êtres humains confrontés à des situations suscitant la peur. Même s'il passait encore inaperçu lors des examens modernes de spectrographie, on le reconnaissait facilement à sa saveur, qui n'était ni sucrée ni salée, mais amère. Découvreur encore méconnu de ce poison mortel, le Dr Igor l'avait baptisé du nom d'un poison fort utilisé autrefois par les empereurs, les rois et les amants de toute sorte, lorsqu'ils avaient besoin d'éloigner définitivement un gêneur. Merveilleuse époque que celle-là ! En ce temps-là, on vivait et l'on mourait avec romantisme. L'assassin conviait sa victime à un superbe dîner, le serviteur entrait, tenant deux belles coupes, dont l'une contenait le vitriol mélangé à la boisson. Les gestes de la victime faisaient naître une immense émotion – elle prenait la coupe, prononçait quelques mots, doux ou agressifs, buvait comme s'il s'agissait d'un délicieux breuvage, lançait un regard étonné à l'amphitryon et s'écroulait, foudroyée !

Mais on avait remplacé ce poison, aujourd'hui coûteux et difficile à dénicher, par des méthodes de suppression plus sûres – les revolvers, les bactéries, etc. Le Dr Igor, d'un naturel romantique, en avait repris le nom quasi oublié pour baptiser la maladie de l'âme qu'il était parvenu à diagnostiquer, et dont la découverte allait bientôt stupéfier le monde.

Curieusement, personne n'avait jamais fait allusion au Vitriol comme à un toxique mortel, alors que la plupart des individus atteints identifiaient son goût et nommaient ce mode d'empoisonnement l'Amertume. Tous les organismes contenaient de l'Amertume en quantité plus ou moins grande, de même que nous sommes tous porteurs du bacille de la tuberculose. Mais ces deux maladies ne frappent que lorsque le patient se trouve affaibli ; quant à l'Amertume, le contexte favorisant l'apparition de la maladie est le moment où naît la peur de ce qu'on appelle « réalité ».

Certaines personnes, désireuses de se construire un univers dans lequel aucune menace externe ne puisse pénétrer, développent exagérément leurs défenses contre l'extérieur – les étrangers, les lieux nouveaux, les expériences inconnues – et laissent leur monde intérieur démuni. C'est alors que l'Amertume commence à causer des dégâts irréversibles.

La cible principale de l'Amertume (ou du Vitriol, ainsi que préférait l'appeler le Dr Igor) était la volonté. Les personnes atteintes de ce mal perdaient peu à peu tout désir et, au bout de quelques années, elles ne parvenaient plus à sortir de leur univers, car elles avaient dépensé d'énormes réserves d'énergie à bâtir de hautes murailles pour que la réalité fût conforme à leurs désirs.

A force de se protéger des attaques extérieures, elles avaient aussi limité leur développement intérieur. Elles continuaient à se rendre à leur travail, à regarder la télévision, à se plaindre de la circulation et à avoir des enfants, mais tout cela se produisait de façon automatique et sans la moindre émotion intérieure, car tout était enfin sous contrôle.

L'ennui, avec l'empoisonnement par l'Amertume, c'était que les passions – la haine, l'amour, le désespoir, l'enthousiasme, la curiosité – cessaient également de se manifester. Au bout d'un certain temps, il ne restait plus à l'Amer le moindre désir. Il n'avait plus envie ni de vivre ni de mourir, et c'était là le problème.

Ainsi, pour les Amers, les héros et les fous étaient toujours fascinants : indifférents au danger, ils n'avaient pas peur de vivre ou de mourir, et, même si tout le monde les avertissait de ne pas aller plus loin, ils n'en tenaient pas compte. Le fou se suicidait, le héros s'offrait au martyre au nom d'une cause, tous deux mouraient, et les Amers passaient des nuits et des jours à commenter l'absurdité et la gloire de ces destinées. C'était le seul moment où l'Amer avait la force de franchir sa muraille de défense et de jeter un coup d'œil à l'extérieur ; mais bien vite il se fatiguait et reprenait sa vie quotidienne.

L'Amer chronique n'avait conscience d'être malade qu'une fois par semaine : le dimanche après-midi. Comme le travail ou la routine lui faisaient défaut pour alléger ses symptômes, il devinait alors que quelque chose ne tournait pas rond – puisque la paix de ces après-midi-là était infernale, que le temps ne passait pas, et que sa constante irritation se manifestait librement.

Mais le lundi arrivait, et, même s'il pestait de n'avoir jamais le temps de se reposer et se plaignait que les fins de semaine passent trop vite, l'Amer oubliait aussitôt ses symptômes.

L'unique avantage de cette maladie, du point de vue social, c'est qu'elle était déjà devenue la norme ; par conséquent, l'internement n'était plus nécessaire, excepté dans les cas où l'intoxication était tellement forte que le comportement du malade commençait à affecter son entourage. La plupart des Amers pouvaient cependant rester dehors sans constituer une menace pour la société ou pour autrui, puisque, grâce aux hautes murailles dont ils s'étaient entourés, ils étaient totalement isolés du monde, même s'ils semblaient en faire partie.

Le Dr Sigmund Freud avait découvert la libido et le traitement des problèmes qu'elle cause, inventant la psychanalyse. Outre qu'il avait découvert l'existence du Vitriol, le Dr Igor devait prouver que, dans ce cas également, la guérison était possible. Il voulait laisser son nom dans l'histoire de la médecine, bien qu'il n'eût aucune illusion quant aux difficultés qu'il lui faudrait affronter pour imposer ses idées — les « normaux » étaient satisfaits de leur existence et n'accepteraient jamais de reconnaître leur maladie, et les « malades », de leur côté, faisaient marcher une gigantesque industrie d'asiles, de laboratoires, de congrès, etc.

« Je sais que le monde ne reconnaîtra pas tout de suite mes efforts », se dit-il, fier d'être incompris. Enfin, c'était la rançon du génie.

« Que vous est-il arrivé ? demanda la jeune fille qui se tenait devant lui. On dirait que vous êtes entré dans l'univers de vos patients. »

Le Dr Igor ignora ce commentaire irrespectueux.

« Tu peux partir, maintenant », dit-il.

Veronika ne savait pas si c'était le jour ou la nuit. Le Dr Igor avait laissé la lumière allumée, mais il faisait cela tous les matins. Cependant, en arrivant dans le couloir, elle vit la lune, et elle se rendit compte qu'elle avait dormi plus long-temps qu'elle ne l'avait imaginé.

Sur le chemin de l'infirmerie, elle remarqua une photo encadrée sur le mur : on y voyait la place centrale de Ljubljana, sans la statue du poète Preŝeren, et des couples qui se prome-naient, probablement un dimanche.

Elle vérifia la date de la photo : été 1910.

Eté 1910. Là se trouvaient, capturés à un moment de leur existence, des gens dont les enfants et les petits-enfants étaient déjà morts. Les femmes étaient vêtues de lourdes robes, et les hommes portaient tous chapeau, pardessus, cravate (étoffe de couleur, auraient dit les fous), guêtres et parapluie sous le bras.

Et la chaleur ? La température devait être la même que celle des étés actuels, trente-cinq degrés à l'ombre. Si ces gens avaient vu arriver un Anglais en bermuda et en manches de chemise, tenue beaucoup plus adaptée à la chaleur, qu'auraient-ils pensé ? « Ce doit être un fou. »

Elle avait parfaitement bien compris ce que le Dr Igor avait voulu dire. De la même manière, elle comprenait qu'il y avait toujours eu dans sa vie beaucoup d'amour, de tendresse, de protection, mais qu'un élément avait manqué pour faire de tout cela une bénédiction : elle aurait dû être un peu plus folle.

Ses parents auraient continué de l'aimer de toute façon, mais elle n'avait pas osé payer le prix de son rêve, de peur de les blesser. Ce rêve, enterré au fond de sa mémoire, se réveillait de temps à autre au cours d'un concert, ou lorsque, par hasard, elle écoutait un bon disque. Mais chaque fois elle en éprouvait un sentiment de frustration tellement violent qu'elle préférait qu'il se rendorme aussitôt.

Depuis son enfance, Veronika connaissait sa véritable vocation : être pianiste ! Elle l'avait senti dès sa première leçon, à l'âge de douze ans. Devinant son talent, son professeur l'avait encouragée à devenir professionnelle. Mais le jour où, heureuse d'avoir été reçue à un concours, Veronika annonça à sa mère qu'elle allait tout laisser tomber pour se consacrer au piano, celle-ci la regarda gentiment et lui répondit : « Personne ne gagne sa vie en jouant du piano, ma chérie.

– Mais tu m'as fait prendre des leçons !

– Uniquement pour développer tes dons artistiques. Les maris les apprécient, et tu pourras briller dans les réceptions. Oublie cette histoire de piano, et fais des études pour devenir avocate : voilà un métier d'avenir. »

Veronika obéit à sa mère, certaine que celle-ci avait suffisamment d'expérience pour *comprendre ce qu'était la réalité*. Elle termina ses études, entra à la faculté, en sortit avec un diplôme et de bonnes notes, mais ne trouva qu'un emploi de bibliothécaire.

« J'aurais dû faire preuve de davantage de folie. » Mais, comme cela arrivait sans doute à la plupart des gens, elle l'avait découvert trop tard.

Elle s'apprêtait à continuer son chemin lorsque quelqu'un la prit par le bras. Le puissant calmant qu'on lui avait administré coulait encore dans ses veines, aussi ne réagit-elle pas quand Eduard, le schizophrène, l'entraîna délicatement dans une autre direction, vers le salon.

La lune était toujours dans son premier quartier et Veronika, répondant à la demande silencieuse d'Eduard, s'était assise au piano, quand elle entendit une voix provenant du réfectoire : quelqu'un parlait avec un accent étranger, qu'elle ne se souvenait pas d'avoir entendu à Villete.

« Je ne veux pas jouer du piano maintenant, Eduard. Je veux savoir ce qui se passe dans le monde, ce qu'ils racontent à côté, et qui est cet étranger. »

Eduard souriait, peut-être ne comprenait-il pas un mot de ce qu'elle disait. Mais elle se souvint du Dr Igor : les schizophrènes pouvaient entrer et sortir de leur réalité séparée.

« Je vais mourir, poursuivit-elle, dans l'espoir que ses paroles aient un sens pour lui. Les ailes de la mort ont frôlé mon visage aujourd'hui, et elle frappera à ma porte demain, ou un peu plus tard. Il ne faut pas que tu t'habitues à écouter le piano chaque nuit.

« Personne ne doit s'habituer à rien, Eduard. Regarde : je m'étais mise à aimer de nouveau le soleil, les montagnes, et jusqu'aux problèmes de la vie ; j'avais même admis que si mon existence n'avait pas de sens, ce n'était la faute de personne d'autre que moi. Je voulais voir encore la place de Ljubljana, sentir la haine et l'amour, le désespoir et l'ennui, toutes ces choses simples, dérisoires, qui font partie du quotidien, mais donnent son goût à la vie. Si un jour je pouvais sortir d'ici, je me permettrais d'être folle parce que tout le monde l'est. Les pires sont ceux qui ne savent pas qu'ils le sont, parce qu'ils ne font que répéter ce que les autres leur ordonnent.

« Mais rien de tout cela n'est possible, tu comprends ? De la même manière, tu ne peux pas passer tes journées entières à attendre que tombe la nuit et qu'une des pensionnaires se mette au piano, parce que tout cela sera bientôt fini. Mon univers et le tien vont s'achever. »

Elle se leva, toucha tendrement le visage du garçon et gagna le réfectoire.

Lorsqu'elle ouvrit la porte, elle se trouva devant une scène insolite ; on avait repoussé tables et chaises contre le mur pour former un grand espace vide au centre de la pièce. Là, assis sur le sol, les membres de la Fraternité écoutaient un homme portant costume et cravate.

« ... Alors ils invitèrent Nasrudin, le grand maître de la tradition soufie, à donner une conférence », disait-il.

Quand la porte s'ouvrit, toute l'assistance tourna les yeux vers Veronika.

« Asseyez-vous », lui lança l'homme en costume.

Elle s'assit sur le sol, près de Maria, la femme aux cheveux blancs qui s'était montrée si agressive lors de leur première rencontre. A sa grande surprise, celle-ci l'accueillit avec un sourire.

« Nasrudin fit savoir que la conférence se tiendrait à deux heures de l'après-midi, poursuivit l'homme, et ce fut un succès : les mille places furent aussitôt vendues, et près de sept cents personnes restèrent dehors pour suivre le débat grâce à un circuit fermé de télévision.

« A deux heures précises, un assistant de Nasrudin vint annoncer que, pour une raison de force majeure, le débat serait retardé. Certains se levèrent, indignés, demandèrent la restitution de leur argent et partirent. Néanmoins, il restait encore beaucoup de monde dans la salle et à l'extérieur.

« A partir de quatre heures de l'après-midi, le maître soufi n'étant toujours pas apparu, les gens quittèrent peu à peu la salle et réclamèrent le remboursement : la journée de travail se terminait, c'était le moment de rentrer chez soi. A six heures, les mille sept cents spectateurs du début n'étaient plus qu'une petite centaine.

« A ce moment, Nasrudin entra. Il paraissait complètement ivre, et il commença à adresser des plaisanteries galantes à une belle jeune fille assise au premier rang. La surprise passée, les assistants s'offusquèrent : comment cet homme pouvait-il se comporter ainsi après les avoir fait attendre pendant quatre heures ? Des murmures de désapprobation se firent entendre, mais le maître soufi ne leur prêta aucune attention : il répéta, en hurlant, que la jeune fille était sexy, et il lui proposa de l'accompagner lors de son voyage en France. »

« Drôle de maître, pensa Veronika. Heureusement que je n'ai jamais cru à ces histoires. »

« Après avoir proféré quelques jurons à l'adresse des protestataires, Nasrudin tenta de se lever puis il s'effondra lourdement. Révoltés, les gens décidèrent de s'en aller, criant que tout cela n'était que charlatanisme et menaçant de dénoncer à la presse ce spectacle dégradant.

« Neuf personnes restèrent dans la salle. Et dès que le groupe d'auditeurs scandalisés eut quitté l'enceinte, Nasrudin se leva ; il était sobre, ses yeux irradiaient la lumière, et il était entouré d'une aura de respectabilité et de sagesse. "Vous qui êtes ici, c'est vous qui devez m'entendre, déclara-t-il. Vous êtes passés par les deux épreuves les plus difficiles sur le chemin spirituel : la patience d'attendre le bon moment, et le courage de n'être pas déçus par ce que vous trouviez. A vous je vais donner mon enseignement. ”

« Et Nasrudin partagea avec eux quelques-unes des techniques soufies. »

L'homme s'interrompit, puis il tira de sa poche une flûte bizarre.

« Faisons une pause, ensuite nous méditerons. »

Le groupe se leva. Veronika ne savait que faire.

« Toi aussi, dit Maria en la prenant par la main. Nous avons cinq minutes de récréation.

— Je m'en vais. Je ne veux pas déranger. »

Maria l'entraîna dans un coin de la pièce.

« Tu n'as donc rien appris, même à l'approche de la mort ? Cesse de penser que tu causes de l'embarras, que tu déranges ton prochain ! Si cela ne leur convient pas, les gens n'ont qu'à se plaindre. Et s'ils n'ont pas le courage de se plaindre, c'est leur problème.

— L'autre jour, quand je suis venue vers vous, j'ai fait quelque chose que je n'avais jamais osé faire.

— Et tu t'es laissé intimider par une simple plaisanterie de fous. Pourquoi n'es-tu pas allée plus loin ? Qu'avais-tu à perdre ?

— Ma dignité. J'avais le sentiment que je n'étais pas la bienvenue.

140

– Qu'est-ce que la dignité ? Est-ce vouloir que tout le monde te trouve bonne, polie, débordante d'amour pour ton prochain ? Respecte la nature ; regarde plus souvent des documentaires animaliers, et observe la façon dont les bêtes se battent pour leur territoire. Nous avons tous été contents de cette gifle que tu as donnée. »

Veronika n'avait plus le temps de lutter pour quelque espace que ce soit, et elle changea de sujet ; elle demanda qui était cet homme.

« Tu vas mieux, dit Maria en riant. Tu poses des questions, sans craindre qu'on te trouve indiscrète. Cet homme est un maître soufi.

– Que veut dire *soufi* ?

– Cela signifie laine. »

Veronika ne comprenait pas. Laine ?

« Le soufisme est la tradition spirituelle des derviches. Les maîtres ne cherchent pas à montrer combien ils sont sages, et les disciples, vêtus de laine, dansent, tournoient pour entrer en transe.

– A quoi cela sert-il ?

– Je ne sais pas très bien. Mais notre groupe a décidé de vivre toutes les expériences interdites. Durant toute notre existence, le gouvernement nous a appris que la quête spirituelle n'existait que pour éloigner l'homme de ses problèmes réels. Maintenant réponds-moi : tu ne trouves pas qu'essayer de comprendre la vie est un problème réel ? »

En effet, c'en était un. En outre, Veronika n'était plus certaine de ce que signifiait le mot « réalité ».

L'homme en costume – un maître soufi, selon Maria – demanda que tous s'assoient en cercle. Il prit un vase, en retira toutes les fleurs à l'exception d'une rose rouge, et le plaça au centre du groupe.

« Regarde ce que nous avons obtenu, dit Veronika à Maria. Un fou a décidé qu'il était possible de créer des fleurs en hiver, et de nos jours on trouve des roses toute l'année, dans toute l'Europe. Crois-tu qu'un maître soufi, avec toute sa connaissance, puisse parvenir au même résultat ? »

Maria sembla deviner sa pensée.

« Garde tes critiques pour plus tard.

– J'essaierai, mais il ne me reste que le présent, d'ailleurs très bref, semble-t-il.

– Cela vaut pour tout le monde, et le présent est toujours très bref, même si certains croient posséder un passé où ils ont accumulé des choses, et un avenir où ils accumuleront plus encore. A propos, puisque nous parlons du présent, t'es-tu beaucoup masturbée ? »

Bien que le calmant fît encore son effet, Veronika se rappela la première phrase qu'elle avait entendue à Villete.

« Quand je suis arrivée à Villete, encore branchée sur le respirateur artificiel, j'ai clairement entendu quelqu'un me demander si je voulais être masturbée. Qu'est-ce que ça signifie ? Pourquoi ne cesse-t-on de penser à ces choses-là ici ?

— Ici et dehors. Sauf que nous, nous n'avons pas besoin de nous cacher.

— Est-ce toi qui m'as posé cette question ?

— Non, mais je pense que tu devrais savoir jusqu'où peut aller ton plaisir. La prochaine fois, tu pourras mener ton partenaire jusque-là, au lieu de te laisser guider par lui. Même s'il ne te reste que deux jours à vivre, je pense que tu ne devrais pas quitter cette vie sans savoir jusqu'où tu aurais pu aller.

— Seulement si mon partenaire est le schizophrène qui m'attend pour m'écouter jouer du piano.

— Au moins, il est joli garçon. »

L'homme en costume réclama le silence, interrompant leur conversation. Il ordonna que tous se concentrent sur la rose et se vident l'esprit.

« Les pensées vont revenir, mais efforcez-vous de les en empêcher. Vous avez le choix : dominer votre esprit ou être dominés par lui. Vous avez déjà vécu la seconde alternative – vous vous êtes laissé mener par les peurs, les névroses, l'insécurité – parce que tout homme a cette propension à l'autodestruction.

« Ne confondez pas la folie avec la perte de contrôle. Souvenez-vous que, dans la tradition soufie, le maître – Nasrudin – est celui que tous appellent fou. Et justement parce que sa ville le considère comme dément, Nasrudin a la possibilité de dire tout ce qu'il pense et de faire tout ce dont il a envie. Il en allait ainsi des bouffons de la cour à l'époque médiévale ; ils pouvaient alerter le roi sur tous les périls que les ministres n'osaient pas commenter de crainte de perdre leur charge.

« Il doit en être ainsi pour vous ; soyez fous, mais comportez-vous comme des gens normaux. Courez le risque d'être différents, mais apprenez à le faire sans attirer l'attention. Concentrez-vous sur cette fleur, et laissez se manifester votre Moi véritable.

– Qu'est-ce que le Moi véritable ? » demanda Veronika en lui coupant la parole. Tout le monde le savait peut-être, mais elle n'en avait cure : elle devait cesser de se raconter sans cesse qu'elle dérangeait les autres.

L'homme parut surpris de cette interruption, mais il répondit : « C'est ce que tu es, et non ce qu'on a fait de toi. »

Veronika décida de faire l'exercice, de se concentrer au maximum pour découvrir qui elle était. Pendant ce séjour à Villete, elle avait éprouvé des émotions qu'elle n'avait jamais ressenties avec une telle intensité – la haine, l'amour, le désir de vivre, la peur, la curiosité. Maria avait peut-être raison : connaissait-elle vraiment l'orgasme, ou n'était-elle allée que jusqu'où les hommes voulaient bien la mener ?

L'homme en costume se mit à jouer de la flûte. Peu à peu, la musique apaisa son âme, et elle réussit à fixer son attention sur la rose. Peut-être était-ce l'effet du calmant, mais le fait est que, depuis qu'elle était sortie du cabinet de consultation du Dr Igor, elle se sentait très bien.

Elle savait qu'elle allait mourir : pourquoi avoir peur ? Cela ne l'aiderait en rien et n'empêcherait pas la crise cardiaque fatale de se produire ; il valait mieux qu'elle profite des jours ou des heures qui lui restaient pour accomplir ce qu'elle n'avait jamais fait.

La musique était douce et la lumière blafarde du réfectoire avait créé une atmosphère quasi religieuse. La religion : pourquoi n'essayait-elle

145

pas de plonger en elle-même à la recherche de ce qui restait de ses croyances et de sa foi ?

Toutefois, comme la musique l'emmenait ailleurs, Veronika se vida la tête, cessa de réfléchir et se contenta d'*être*. Elle s'abandonna, contempla la rose, comprit qui elle était, aima ce qu'elle vit, et regretta d'avoir agi si hâtivement.

Une fois la méditation terminée et le maître soufi parti, Maria resta un moment dans le réfectoire à bavarder avec les membres de la Fraternité. Veronika se plaignit d'être fatiguée et s'éloigna aussitôt. Au bout du compte, le calmant qu'elle avait pris le matin était assez puissant pour assommer un bœuf, pourtant elle avait trouvé la force de rester éveillée jusqu'à cette heure.

« La jeunesse est ainsi, elle établit ses propres limites sans demander si le corps supporte. Mais le corps supporte toujours. »

Maria n'avait pas sommeil ; elle avait dormi tard, puis décidé de faire un tour à Ljubljana, puisque le Dr Igor exigeait des membres de la Fraternité qu'ils sortent de Villete chaque jour.

Elle était allée au cinéma voir un film très ennuyeux traitant de conflits entre mari et femme et s'était endormie dans son fauteuil. Etait-ce donc le seul sujet possible? Pourquoi répéter toujours les mêmes histoires – mari et maîtresse, mari et femme et enfant malade, mari et femme, maîtresse et enfant malade? Il y avait pourtant des choses plus importantes à évoquer.

La conversation dans le réfectoire fut brève; la méditation avait détendu le groupe, et tous décidèrent de regagner les dortoirs – à l'exception de Maria qui sortit se promener dans le jardin. En chemin, elle passa par le salon et constata que la jeune fille n'avait pas encore réussi à regagner son dortoir : elle jouait pour Eduard, le schizophrène, qui avait peut-être attendu tout ce temps près du piano. Les fous étaient comme les enfants, ils ne bougeaient pas tant que leurs désirs n'étaient pas satisfaits.

L'air était glacé. Maria rentra prendre un vêtement chaud et ressortit. Dehors, loin des regards, elle alluma une cigarette. Elle fuma sans culpabilité et sans hâte, songeant à la jeune fille, au piano qu'elle entendait, et à la vie hors des murs de Villete qui restait insupportablement difficile pour tous.

De l'avis de Maria, cette difficulté n'était pas due au chaos, ou à la désorganisation, ou à l'anarchie, mais à l'excès d'ordre. La société se dotait de plus en plus de règles, de lois pour contredire les règles, et de nouvelles règles pour contredire les lois ; cela effrayait les gens, qui n'osaient plus dévier de l'invisible règlement qui régissait leur vie.

Maria connaissait bien la question ; avant que sa maladie ne la conduise à Villete, elle avait exercé pendant quarante ans la profession d'avocate. Dès le début de sa carrière, elle avait vite perdu sa vision ingénue de la justice, et elle avait compris que les lois n'avaient pas été conçues pour résoudre les problèmes, mais pour prolonger indéfiniment des querelles.

Dommage que Dieu, Allah, Jéhovah – peu importe le nom qu'on lui donne – n'ait pas vécu dans le monde actuel. Si c'était le cas, nous serions tous encore au Paradis, pendant qu'Il répondrait à des recours, des appels, des commissions rogatoires, des mandats de comparution, des exposés préliminaires, et devrait expliquer au cours d'innombrables audiences pourquoi Il avait décidé d'expulser Adam et Eve du Paradis, simplement parce qu'ils avaient transgressé une loi arbitraire et sans aucun fondement juridique : l'interdiction de manger du fruit de l'arbre de la connaissance du Bien et du Mal.

S'Il ne voulait pas que cela se produise, pourquoi avait-Il placé cet arbre au milieu du jardin, et non pas hors des murs du Paradis ? Si elle avait été désignée pour assurer la défense du couple, Maria aurait assurément accusé Dieu de « négligence administrative », car non seulement Il avait planté l'arbre au mauvais endroit, mais il avait omis de l'entourer d'avertissements ou de barrières, n'adoptant pas les mesures de sécurité minimales et exposant quiconque au danger.

Maria aurait pu également l'accuser d'« incitation au crime » pour avoir attiré l'attention d'Adam et d'Eve sur l'endroit précis où se trouvait l'arbre. S'Il n'avait rien dit, des générations et des générations seraient passées sur cette Terre sans que personne s'intéressât au fruit défendu – qui aurait fait partie d'une forêt d'arbres identiques, et par conséquent sans valeur spécifique.

Mais Dieu avait agi autrement : il avait écrit la loi et trouvé le moyen de convaincre quelqu'un de la transgresser dans le seul but d'inventer le Châtiment. Il savait qu'Adam et Eve finiraient par se lasser de tant de perfection et que, tôt ou tard, ils mettraient à l'épreuve Sa patience. Il resta là à attendre, peut-être parce que Lui aussi, le Tout-Puissant, en avait assez que les choses fonctionnent parfaitement : si Eve n'avait pas mangé la pomme, que serait-il arrivé d'intéressant au cours de ces millions d'années ?

Rien.

Lorsque la loi fut violée, Dieu, le Juge tout-puissant, feignit encore de poursuivre les fugitifs, comme s'Il ne connaissait pas tous les refuges possibles. Tandis que les anges regardaient la scène et s'amusaient de la plaisanterie (pour eux aussi, la vie devait être bien monotone, depuis que Lucifer avait quitté le Ciel), Il se mit à arpenter le jardin en tous sens. Maria imaginait la merveilleuse séquence que formerait ce passage de la Bible dans un film à suspense : le bruit des pas de Dieu, les regards effrayés du couple, les pieds qui s'arrêtaient subitement devant la cachette.

« *Où es-tu ?* demanda Dieu.

– *J'ai entendu ton pas dans le jardin, j'ai pris peur et je me suis caché car je suis nu* », répondit Adam, sans savoir que, par ces mots, il se reconnaissait lui-même coupable d'un crime.

Voilà. Grâce à une simple ruse, en faisant semblant d'ignorer où se trouvait Adam et le véritable motif de sa fuite, Dieu obtint ce qu'Il désirait. Néanmoins, pour ne laisser aucun doute au parterre d'anges qui assistaient attentivement à l'épisode, Il décida d'aller plus loin.

« *Comment sais-tu que tu es nu ?* » poursuivit Dieu, sachant que cette question ne pouvait avoir qu'une réponse : « *Parce que j'ai mangé le*

*fruit de l'arbre qui me permet de le com-
prendre.* »

Par cette question, Dieu montra à ses anges
qu'Il était juste, et qu'Il condamnait le couple
sur le fondement de toutes les preuves existantes.
Désormais, peu importait que le coupable fût la
femme, et qu'ils implorent d'être pardonnés ;
Dieu avait besoin d'un exemple, afin qu'aucun
être, terrestre ou céleste, n'ait plus jamais
l'audace d'aller à l'encontre de Ses décisions.

Dieu expulsa le couple, ses enfants payèrent à
leur tour pour ce crime (comme cela arrive
encore de nos jours aux enfants de criminels), et
le système judiciaire fut inventé : loi, trans-
gression de la loi (logique ou absurde, cela
n'avait pas d'importance), jugement (où le plus
habile triomphait de l'ingénu) et châtiment.

Comme l'humanité tout entière avait été
condamnée sans pouvoir présenter une requête
en révision, les êtres humains décidèrent de
mettre au point des mécanismes de défense pour
le cas où Dieu voudrait de nouveau manifester
Son pouvoir arbitraire. Mais, au cours de millénaires de travaux, les hommes inventèrent de si
nombreux recours qu'ils finirent par en faire
trop, et la justice devint un inextricable maquis

de clauses, de jurisprudences et de textes contradictoires auxquels personne ne comprenait plus
rien.

Tant et si bien que, lorsque Dieu changea
d'avis et envoya Son Fils pour sauver le monde,
que se passa-t-il ? Il tomba entre les mains de la
justice qu'Il avait inventée.

Ce maquis de lois avait atteint une telle confusion que le Fils finit crucifié. Le procès ne fut
pas simple : il fut renvoyé de Hanne à Caïphe,
des grands prêtres à Pilate, qui prétexta ne pas
disposer de lois suffisantes selon le code romain ;
de Pilate à Hérode, lequel, à son tour, allégua
que le code juif ne permettait pas la condamnation à mort ; d'Hérode à Pilate encore, qui tenta
un nouveau recours, proposant au peuple un
arrangement : il fit flageller le Fils et exhiba ses
blessures, mais la manœuvre échoua.

Comme les procureurs modernes, Pilate décida
d'assurer sa propre promotion aux dépens du
condamné : il offrit d'échanger Jésus contre
Barabbas, sachant que la justice, à ce stade,
s'était transformée en un grand spectacle qui
réclamait une fin en apothéose, avec la mort de
l'accusé.

Finalement, Pilate recourut à l'article qui
accordait le bénéfice du doute au juge, et non
à celui qui était jugé ; il se lava les mains, ce qui

signifie « ni oui, ni non ». C'était un artifice de plus pour préserver le système juridique romain sans mettre à mal les bonnes relations avec les magistrats locaux, un artifice qui permettait en outre de faire porter au peuple le poids de la décision, dans le cas où cette sentence finirait par créer des problèmes et où un inspecteur viendrait en personne de la capitale de l'Empire vérifier ce qui se passait.

La justice. Le droit. Ils étaient certes indispensables pour venir en aide aux innocents, mais ils ne fonctionnaient pas toujours comme on l'aurait souhaité. Maria était ravie d'être loin de toute cette confusion, même si cette nuit, en écoutant ce morceau au piano, elle n'était plus aussi sûre que Villete fût pour elle l'endroit indiqué.

« Si je décide de sortir d'ici, plus jamais je ne me mêlerai de justice, je ne vivrai plus avec des fous qui se croient normaux et importants, mais dont la seule raison d'être est de rendre tout plus difficile aux autres. Je serai couturière, brodeuse, je vendrai des fruits devant le théâtre municipal ; j'ai accompli ma part d'inutile folie. »

A Villete on avait le droit de fumer, mais il était interdit de jeter sa cigarette sur la pelouse. Maria prit plaisir à faire ce geste interdit, parce que l'avantage de se trouver dans cet établissement, c'était que l'on pouvait ne pas respecter les règlements sans avoir à en supporter de graves conséquences.

Maria s'approcha de la porte d'entrée. Le gardien – il y avait toujours un gardien ici, après tout, c'était la loi – la salua d'un signe de tête et ouvrit la porte.

« Je ne vais pas sortir, dit-elle.

– C'est beau ce piano, lança le gardien. On l'entend presque tous les soirs.

– Mais bientôt on ne l'entendra plus », répliqua-t-elle en s'éloignant rapidement pour ne pas avoir à fournir d'explication.

Elle se rappela la peur qu'elle avait lue dans les yeux de la jeune fille au moment où elle était entrée dans le réfectoire.

La peur. Veronika pouvait éprouver de l'anxiété, de la timidité, de la honte, de l'embarras, mais pourquoi la peur ? Ce sentiment ne se justifie que devant une menace concrète, par exemple des animaux féroces, des gens armés, un tremblement de terre, mais pas devant un groupe réuni dans un réfectoire.

« Mais l'être humain est ainsi, se consolat-elle. Il a substitué la peur à presque toutes ses émotions. »

155

Et Maria savait de quoi elle parlait. C'était précisément cela qui l'avait menée à Villete : le syndrome de panique.

Maria gardait dans sa chambre une véritable collection d'articles sur sa maladie. Aujourd'hui, on abordait le sujet ouvertement et récemment elle avait même vu, dans une émission à la télévision allemande, certaines personnes raconter leur expérience. Dans le même programme, une étude révélait qu'une partie significative de la population humaine souffre du syndrome de panique, même si la plupart des sujets atteints cherchent à dissimuler leurs symptômes, de peur d'être considérés comme fous.

Mais à l'époque où Maria avait eu sa première crise, rien de tout cela n'était connu.

Ce fut un enfer. « Un véritable enfer », se dit-elle en allumant une autre cigarette.

Le piano résonnait toujours, la petite semblait avoir suffisamment d'énergie pour passer une nuit blanche.

L'arrivée de cette jeune fille à l'hospice avait affecté de nombreux pensionnaires, et Maria était de ceux-là. Au début, elle avait cherché à l'éviter, craignant de réveiller son envie de vivre ; il valait mieux que Veronika continue de désirer la mort, puisqu'elle ne pouvait plus fuir. Le Dr Igor avait laissé courir le bruit que l'état de la petite se détériorait à vue d'œil, bien qu'on lui fît encore des piqûres chaque jour, et qu'il était impossible de la sauver.

Les pensionnaires avaient compris le message et ils se tenaient à distance de la femme condamnée. Mais sans que personne sût exactement pourquoi, Veronika s'était mise à lutter pour vivre. Deux personnes seulement l'approchaient : Zedka, qui allait sortir demain et n'était pas bavarde, et Eduard.

Maria devait avoir une conversation avec Eduard : il l'écoutait toujours avec beaucoup de respect. Le garçon ne comprenait-il pas qu'il la faisait revenir au monde ? Et que c'était la pire chose qu'il pût faire avec une personne sans espoir de salut ?

Elle considéra mille manières de lui expliquer le problème, mais toutes impliquaient de lui infliger un sentiment de culpabilité, ce qu'elle ne ferait jamais. Maria réfléchit et décida de laisser les choses suivre leur cours ; elle n'était plus avocate, et elle se refusait à donner le mauvais exemple en créant de nouvelles règles de comportement en un lieu où devait régner l'anarchie.

La présence de la jeune fille avait touché beaucoup de gens ici, et certains étaient prêts à repenser leur existence. Lors d'une réunion de la Fraternité, quelqu'un avait tenté d'expliquer ce qui se passait : les décès à Villete survenaient brusquement, sans laisser à personne le temps d'y penser, ou au terme d'une longue maladie, quand la mort est toujours une bénédiction. Mais dans le cas de cette jeune fille, le spectacle était dramatique, car elle était jeune, elle désirait de nouveau vivre, et tout le monde savait que c'était impossible. Certains se demandaient : « Et si cela m'arrivait à moi ? Moi qui ai une chance, est-ce que je la saisis ? »

Quelques-uns n'avaient que faire de la réponse ; ils avaient renoncé depuis longtemps et appartenaient à un monde sans vie ni mort, sans espace ni temps. Mais d'autres étaient poussés à réfléchir, et Maria était de ceux-là.

Veronika cessa de jouer un instant et regarda Maria, là-dehors, qui affrontait le froid de la nuit vêtue d'une simple veste; cherchait-elle à mourir?

« Non. C'est moi qui ai voulu me tuer. »

Elle retourna s'asseoir au piano. Au cours des derniers jours de son existence, elle avait enfin réalisé son grand rêve : jouer de toute son âme et de tout son cœur, aussi longtemps qu'elle le désirait, aussi fort qu'il lui plaisait. Peu importait que son seul public fût un garçon schizophrène ; il semblait comprendre la musique, et c'était tout ce qui comptait.

Maria n'avait jamais voulu se tuer. Au contraire, cinq ans plus tôt, dans le cinéma même où elle s'était rendue aujourd'hui, elle regardait horrifiée un documentaire sur la misère au Salvador, et pensait que sa vie était très importante. A cette époque, alors que ses enfants étaient déjà grands et bien engagés dans leur carrière professionnelle, elle était décidée à laisser tomber l'ennuyeux et interminable travail du barreau pour consacrer le reste de ses jours à une association humanitaire. Les rumeurs de guerre civile dans le pays augmentaient d'heure en heure, pourtant Maria n'y croyait pas : il était impossible qu'à la fin du XXe siècle la communauté européenne tolère une nouvelle guerre à ses portes. A l'autre bout du monde, en revanche, ce n'étaient pas les tragédies qui manquaient ; et parmi elles il y avait le Salvador, ses enfants mourant de faim dans la rue, obligés de se prostituer.

« Quelle horreur ! » dit-elle à son mari, assis dans le fauteuil voisin.

Il acquiesça d'un signe de tête.

Maria reportait la décision depuis longtemps, mais peut-être était-il temps de lui parler. Ils avaient déjà reçu de la vie tout le bonheur qu'elle peut offrir : une maison, un travail, de beaux enfants, tout le confort nécessaire, les loisirs et la culture. Pourquoi ne ferait-elle pas maintenant quelque chose pour aider son prochain ? Maria avait des contacts à la Croix-Rouge, elle savait que des volontaires étaient désespérément requis dans de nombreuses parties du monde. Elle était fatiguée de la bureaucratie et des procès, se sentait incapable d'assister des gens qui passaient des années à régler un problème qu'ils n'avaient pas créé. A la Croix-Rouge au contraire, son travail aurait une utilité immédiate. Elle décida que, sitôt sortie du cinéma, elle inviterait son mari à prendre un café et qu'elle lui parlerait de son projet.

Sur l'écran, un fonctionnaire du gouvernement salvadorien présentait lors d'un discours assommant des excuses pour quelque injustice commise. Brusquement, Maria sentit les battements de son cœur s'accélérer. Elle se dit que ce

161

n'était rien, que peut-être l'atmosphère étouffante du cinéma l'oppressait ; si le symptôme persistait, elle se rendrait au foyer pour respirer un peu. Mais les événements se précipitèrent, son cœur se mit à battre de plus en plus fort et elle commença à avoir des sueurs froides.

Effrayée, elle tenta de fixer son attention sur le film, dans l'espoir de chasser ses appréhensions, puis elle constata qu'elle ne parvenait plus à suivre ce qui se passait sur l'écran. Les images défilaient, les sous-titres étaient lisibles, mais elle, Maria, semblait entrée dans une réalité complètement différente, où tout était étranger, déplacé, et appartenait à un monde inconnu.

« Je me sens mal », dit-elle à son mari.

Elle s'était efforcée d'éviter ce commentaire, parce qu'il impliquait d'admettre que quelque chose n'allait pas. Mais il était impossible de le différer davantage.

« Allons dehors », répondit-il.

Lorsqu'il prit la main de sa femme pour l'aider à se lever, il la trouva glacée.

« Je n'arriverai pas à marcher jusqu'au-dehors. Je t'en prie, dis-moi ce qui m'arrive. »

Son mari s'inquiéta. Le visage de Maria était couvert de sueur et ses yeux avaient un étrange éclat.

« Garde ton calme. Je vais sortir et appeler un médecin. »

Elle se désespéra. Les mots avaient un sens, mais tout le reste lui semblait menaçant – le cinéma, la pénombre, les gens assis côte à côte devant un écran brillant.

« Ne me laisse pas seule ici, surtout pas. Je vais me lever et sortir avec toi. Marche lentement. »

Ils demandèrent pardon aux spectateurs assis au même rang qu'eux et se dirigèrent vers la porte de sortie au fond de la salle. Le cœur de Maria battait à tout rompre, et elle était certaine, absolument certaine, qu'elle n'arriverait jamais à quitter ce lieu. Chacun de ses gestes – mettre un pied devant l'autre, demander pardon, s'accrocher au bras de son mari, inspirer et expirer – lui semblait conscient et réfléchi, et c'était terrifiant. Jamais, de sa vie, elle n'avait ressenti une telle peur.

« Je vais mourir dans un cinéma. »

Elle crut alors comprendre ce qui lui arrivait, car des années auparavant l'une de ses amies était morte dans un cinéma d'une rupture d'anévrisme.

Les anévrismes cérébraux sont comme des bombes à retardement, de petites varices qui se forment dans les vaisseaux sanguins – comme des bulles dans les pneus usés – et qui peuvent demeurer là sans que rien se produise. On ignore que l'on a un anévrisme jusqu'au jour où on le découvre par hasard, par exemple à l'occasion d'un scanner du cerveau prescrit pour d'autres raisons, ou lorsqu'il éclate, provoquant un épanchement de sang ; on tombe alors instantanément dans le coma et la mort peut survenir rapidement.

Tandis qu'elle marchait dans l'allée de la salle obscure, Maria songeait à l'amie qu'elle avait perdue. Mais le plus étrange était la façon dont la rupture d'anévrisme affectait sa perception : elle avait l'impression d'avoir été transportée sur une autre planète, où elle voyait chaque chose familière comme si c'était la première fois. Et la peur effroyable, inexplicable, la panique d'être seule sur cette planète. La mort.

« Je ne peux pas penser. Je dois faire comme si tout allait bien, et tout ira bien. »

Elle s'efforça d'agir naturellement et, pendant quelques secondes, la sensation d'étrangeté s'apaisa. Entre le moment où elle avait senti le premier signe de tachycardie et celui où elle avait atteint la porte, elle avait passé les deux minutes les plus terrifiantes de sa vie.

Mais quand ils pénétrèrent dans le foyer largement éclairé, tout sembla recommencer. Les couleurs étaient violentes, les bruits de la rue au-dehors semblaient affluer de toute part, et les objets étaient totalement irréels. Elle remarqua des détails qu'elle n'avait jamais notés auparavant : la netteté de la vision, par exemple, sur la seule petite zone où nous concentrons notre regard, tandis que le reste est totalement flou.

Elle alla plus loin encore : elle savait que tout ce qu'elle voyait autour d'elle n'était qu'une scène créée par des impulsions électriques à l'intérieur de son cerveau, utilisant des stimuli lumineux qui traversaient un corps gélatineux appelé « œil ».

Non. Elle ne pouvait pas se mettre à penser à tout cela. Si elle s'engageait dans cette voie, elle allait devenir complètement folle.

A ce moment, la peur de l'anévrisme avait disparu. Elle était sortie de la salle de projection et elle était toujours en vie, tandis que son amie n'avait même pas eu le temps de bouger de sa chaise.

« Je vais appeler une ambulance, dit son mari, en voyant son teint blême et ses lèvres décolorées.

— Appelle un taxi », le pria-t-elle, écoutant les sons qui sortaient de sa bouche, consciente de la vibration de chaque corde vocale.

Aller à l'hôpital impliquait d'accepter qu'elle était vraiment malade : Maria était décidée à lutter jusqu'à la dernière minute pour que les choses redeviennent comme avant.

Ils sortirent du foyer, et le froid vif parut produire un effet bénéfique ; Maria retrouva un peu le contrôle d'elle-même, bien que la panique, la terreur inexplicable, ne la quittât pas. Pendant que son époux cherchait désespérément un taxi à cette heure de la soirée, elle s'assit sur le trottoir et chercha à ne pas voir ce qu'il y avait autour, parce que les enfants qui jouaient, l'autobus qui roulait, la musique qui provenait d'un parc d'attractions des environs, tout lui paraissait surréaliste, effrayant, irréel.

Un taxi se présenta enfin.

« A l'hôpital, dit son mari en l'aidant à monter.

– A la maison, pour l'amour de Dieu », supplia-t-elle. Elle ne voulait plus de lieux étrangers, elle avait désespérément besoin d'objets familiers, connus, capables d'atténuer la peur qu'elle ressentait.

Tandis que le taxi les ramenait chez eux, la tachycardie diminua et la température de son corps redevint normale.

« Je me sens mieux, dit-elle à son mari. C'est sans doute quelque chose que j'ai mangé. »

Quand ils arrivèrent à la maison, le monde ressemblait de nouveau à celui qu'elle connaissait depuis son enfance. En voyant son mari se diriger vers le téléphone, elle lui en demanda la raison.

« J'appelle un médecin.

– Ce n'est pas nécessaire. Regarde-moi, tu vois bien que je vais mieux. »

Son visage avait retrouvé ses couleurs, son cœur battait normalement, et sa peur incontrôlable avait disparu.

Maria dormit cette nuit-là d'un sommeil lourd, et elle se réveilla avec une certitude : quelqu'un avait mis une drogue dans le café qu'elle avait bu avant d'entrer dans le cinéma. Tout cela n'était rien d'autre qu'une dangereuse plaisanterie, et elle était prête, en fin d'après-midi, à appeler un procureur et à se rendre jusqu'au bar pour tenter de découvrir l'irresponsable auteur de cette idée.

Elle se rendit à son cabinet, expédia quelques affaires en instance et se livra aux occupations les plus diverses. Elle était encore un peu effrayée par l'expérience de la veille et elle voulait se prouver à elle-même que cela ne se reproduirait plus jamais.

Elle discuta avec un de ses confrères du film sur le Salvador et mentionna au passage qu'elle était fatiguée de faire tous les jours la même chose.

« L'heure de prendre ma retraite est peut-être arrivée.

— Tu es une de nos meilleures collaboratrices, objecta son confrère. Et le droit est l'une des rares professions dans lesquelles l'âge constitue toujours un avantage. Pourquoi ne prends-tu pas des vacances prolongées ? Je suis sûr que tu reviendrais pleine d'enthousiasme.

— Je veux donner un nouvel élan à ma vie. Vivre une aventure, aider les autres, faire quelque chose que je n'ai jamais fait. »

La conversation s'arrêta là. Elle descendit jusqu'à la place, déjeuna dans un restaurant plus cher que celui où elle mangeait d'habitude et retourna travailler plus tôt. Ce moment marquait le début de sa retraite.

Les autres employés n'étaient pas encore revenus, et Maria en profita pour examiner les dossiers sur son bureau. Elle ouvrit le tiroir pour prendre un stylo qu'elle rangeait d'habitude toujours au même endroit, et ne le trouva pas. Pendant une fraction de seconde, elle se dit qu'elle avait peut-être un comportement étrange, car elle n'avait pas replacé son stylo là où elle aurait dû. Il n'en fallut pas plus pour que son cœur se remette à battre violemment et que la terreur de la nuit précédente revienne de toute sa force.

Maria resta paralysée. Le soleil qui se glissait à travers les persiennes donnait à la pièce un ton différent, plus vif, plus agressif, et elle avait la sensation qu'elle allait mourir dans la minute. Tout cela lui était totalement étranger, que faisait-elle dans ce bureau ?

« Mon Dieu, je ne crois pas en Toi, mais aide-moi. »

Elle eut de nouveau des sueurs froides et comprit qu'elle ne parvenait pas à contrôler sa peur. Si quelqu'un entrait à ce moment et remarquait son regard effrayé, elle serait perdue.

« De l'air frais. »

La veille, l'air frais lui avait permis de se sentir mieux, mais comment atteindre la rue ? De nouveau, elle percevait chaque détail de ce qui lui arrivait – le rythme de sa respiration (il y avait des moments où elle sentait que si elle n'inspirait et n'expirait pas volontairement, son corps serait incapable de le faire par lui-même), le mouvement de sa tête (les images bougeaient comme sous l'effet d'une caméra de télévision tournoyante), son cœur battant de plus en plus vite, son corps baigné d'une sueur glacée et poisseuse.

Et la terreur. Sans la moindre raison, une peur gigantesque de faire le moindre geste, le moindre pas, de quitter l'endroit où elle était assise.

« Cela va passer. »

C'était passé la veille. Mais maintenant, elle était au bureau, alors que faire ? Elle regarda sa montre − un mécanisme absurde de deux aiguilles tournant autour du même axe, indiquant une mesure de temps dont personne n'avait jamais expliqué pourquoi elle devait être de 12 et non de 10, comme toutes les autres mesures conçues par l'homme.

« Je ne dois pas y penser. Ça me rend folle. »

Folle. C'était peut-être le terme approprié pour désigner ce qui lui arrivait. Rassemblant toute sa volonté, Maria se leva et marcha jusqu'aux toilettes. Heureusement, le bureau était toujours vide, et elle atteignit le lavabo en une minute, qui lui parut une éternité. Elle se lava le visage, et la sensation d'étrangeté décrut, mais la peur était toujours là.

« Cela va passer, se disait-elle. Hier, c'est bien passé. »

Elle se souvenait que, la veille, la crise avait duré approximativement trente minutes. Elle s'enferma dans les cabinets, s'assit sur la cuvette, la tête entre les jambes. Dans cette position, le son de son cœur était amplifié et elle se redressa aussitôt.

« Cela va passer. »

Elle resta ainsi, pensant qu'elle ne se reconnaissait plus, qu'elle était irrémédiablement perdue. Elle entendit des pas, des gens qui entraient et sortaient des toilettes, des bruits de robinets qu'on ouvrait et fermait, des conversations futiles sur des banalités. A plusieurs reprises on tenta d'ouvrir la porte de la cabine où elle se trouvait, mais elle murmurait quelque chose, et l'on n'insistait pas. Les chasses d'eau résonnaient dans un fracas effrayant, comme une force de la nature susceptible de renverser l'immeuble et d'entraîner tous ses occupants en enfer.

Mais, ainsi qu'elle l'avait prévu, la peur passa et son rythme cardiaque redevint normal. Heureusement que sa secrétaire était assez incompétente pour n'avoir même pas remarqué son absence, sinon tout le bureau se serait précipité dans les toilettes pour lui demander si elle allait bien.

Quand elle retrouva le contrôle d'elle-même, Maria ouvrit la porte, se lava le visage un long moment, et retourna à son bureau.

« Vous n'avez pas de maquillage, lui dit une stagiaire. Voulez-vous que je vous prête le mien ? »

Maria ne se donna pas la peine de répondre. Elle prit son sac, ses affaires personnelles, et annonça à sa secrétaire qu'elle passerait chez elle le reste de la journée.

« Mais vous avez beaucoup de rendez-vous ! protesta cette dernière.

– Tu ne donnes pas d'ordres, tu en reçois. Fais exactement ce que je te demande : annule ces rendez-vous. »

La secrétaire suivit des yeux cette femme avec qui elle travaillait depuis bientôt quatre ans et qui ne s'était jamais montrée grossière. Il devait se passer quelque chose de très grave : peut-être quelqu'un l'avait-il prévenue que son mari était à la maison avec sa maîtresse et voulait-elle le surprendre en flagrant délit d'adultère.

« C'est une avocate compétente, elle sait comment agir », se dit la secrétaire. Le lendemain, certainement, la dame lui présenterait des excuses.

Il n'y eut pas de lendemain. Ce soir-là, Maria eut avec son époux une longue conversation et elle lui décrivit tous les symptômes qu'elle avait ressentis. Ensemble, ils parvinrent à la conclusion que les palpitations cardiaques, les sueurs froides, la sensation d'étrangeté, l'impuissance et la perte de contrôle, tout cela se résumait en un seul mot : la peur.

Ils étudièrent ce qui se passait. Lui pensa à un cancer du cerveau, mais garda le silence. Elle pensa qu'elle avait la prémonition d'un événement terrible et ne dit rien non plus. Ils cherchèrent un terrain de discussion commun, de la façon logique et raisonnable qui sied à des personnes mûres.

« Peut-être serait-il bon de faire des examens. »

Maria accepta, à une condition : personne ne devait rien savoir, pas même leurs enfants.

Le lendemain, elle sollicita auprès du cabinet juridique un congé sans rémunération de trente jours, qui lui fut accordé. Son mari songea à l'emmener en Autriche où exerçaient d'éminents spécialistes du cerveau, mais elle refusait de quitter la maison car les crises étaient désormais plus fréquentes et duraient plus longtemps.

Avec beaucoup de difficultés et force calmants, tous deux se rendirent dans un hôpital de Ljubljana, et Maria se soumit à une incroyable quantité d'examens. On ne découvrit rien d'anormal, pas même un anévrisme, ce qui la tranquillisa pour le reste de son existence.

Mais les crises de panique continuaient. Pendant que son époux s'occupait des courses et de la cuisine, Maria faisait dans la maison un ménage quotidien et compulsif, pour garder son esprit concentré sur autre chose. Elle se mit à lire tous les livres de psychiatrie qu'elle trouvait, et puis s'arrêta parce qu'elle se croyait atteinte de toutes les maladies décrites dans ces ouvrages.

Le plus terrible, c'est que même si les crises n'étaient plus une nouveauté, elle avait toujours une sensation d'épouvante, d'étrangeté face à la réalité, et d'incapacité à se contrôler. En outre, elle se sentait coupable envers son mari, obligé de travailler deux fois plus et d'assumer les tâches domestiques, à l'exception du ménage.

Les jours passant, la situation ne s'arrangeait pas, et Maria se mit à éprouver et à exprimer une profonde irritation. Tout lui était prétexte pour perdre son calme et se mettre à crier, ce qui se terminait invariablement par des pleurs irrépressibles.

Au bout de trente jours, le confrère de Maria au cabinet juridique se présenta chez elle. Il appelait tous les jours, mais elle ne répondait pas au téléphone, ou faisait dire qu'elle était occupée. Cet après-midi-là, il sonna à la porte jusqu'à ce qu'elle ouvrît.

Maria avait passé une matinée sereine. Elle prépara du thé, ils discutèrent du bureau, et il lui demanda quand elle comptait revenir travailler.

« Jamais plus. »

Il lui rappela leur conversation sur le Salvador.

« Tu as toujours donné le meilleur de toi-même, et tu as le droit de choisir ce que tu veux, dit-il sans la moindre rancune dans la voix. Mais je pense que le travail, dans ces cas-là, est la meilleure de toutes les thérapies. Voyage, découvre le monde, sois utile là où tu penses que l'on a besoin de toi, mais les portes du cabinet te sont ouvertes, et nous attendons ton retour. »

A ces propos, Maria éclata en sanglots, ce qui lui arrivait souvent à présent.

Son confrère attendit qu'elle fût calmée. En bon avocat, il ne lui demanda rien ; il savait qu'il avait plus de chances d'obtenir une information en restant silencieux qu'en posant une question.

Et c'est ce qui se produisit. Maria lui raconta toute l'histoire, depuis la scène du cinéma jusqu'à ses récentes crises d'hystérie avec son mari, qui la soutenait tellement.

« Je suis folle.

— C'est une possibilité, répondit-il d'un ton compréhensif et empreint de tendresse. Dans ce cas, tu as le choix : te soigner ou rester malade.

— Il n'y a pas de traitement pour ce que je ressens. Je conserve la maîtrise de mes facultés mentales, et je suis tendue parce que cette situation se prolonge depuis très longtemps, mais je n'ai pas les symptômes classiques de la folie – le détachement de la réalité, l'apathie, ou l'agressivité irrépressible. Seulement la peur.

– C'est ce que disent tous les fous : qu'ils sont normaux. »

Ils rirent tous les deux et elle remplit une autre théière. Ils parlèrent du temps, du succès de l'indépendance de la Slovénie, des tensions croissantes entre Zagreb et Belgrade. Maria regardait la télévision toute la journée, et elle était très bien informée sur tout.

Avant de prendre congé, le confrère revint sur le sujet.

« On vient d'ouvrir en ville un hôpital psychiatrique financé par des capitaux étrangers, dit-il, où l'on propose des traitements de tout premier ordre.

– Des traitements pour quoi ?

– Des déséquilibres, disons-le ainsi. Et une peur excessive est un déséquilibre. »

Maria promit d'y réfléchir, mais elle ne prit aucune décision en ce sens. Les crises de panique continuèrent pendant un mois encore, jusqu'au jour où elle comprit que non seulement sa vie personnelle, mais son mariage s'écroulait. Elle réclama de nouveau des calmants et osa sortir de chez elle pour la deuxième fois en soixante jours.

Elle prit un taxi et se rendit au nouvel hôpital. En route, le chauffeur lui demanda si elle allait rendre visite à quelqu'un.

« Il paraît que c'est très confortable, mais on dit aussi que les fous sont furieux, et que les traitements comportent des électrochocs.

– Je vais rendre visite à quelqu'un », répliqua Maria.

Une heure d'entretien suffit à Maria pour mettre fin à deux mois de souffrance. Le directeur de l'institution – un homme de haute taille aux cheveux teints en noir qui répondait au nom de Dr Igor – lui expliqua qu'il s'agissait d'un cas de syndrome de panique, une maladie récemment admise dans les annales de la psychiatrie universelle.

« Cela ne veut pas dire que cette maladie soit nouvelle, expliqua-t-il, en veillant à bien se faire comprendre. Il se trouve que les patients atteints avaient coutume de la dissimuler, de crainte qu'on les prenne pour des fous. C'est seulement un déséquilibre chimique dans l'organisme, comme la dépression. »

Le Dr Igor rédigea une ordonnance et la pria de rentrer chez elle.

« Je ne veux pas rentrer maintenant, répondit Maria. Malgré tout ce que vous m'avez dit, je n'aurai pas le courage de sortir dans la rue. Mon mariage est devenu un enfer, et je dois aussi permettre à mon mari de se remettre de ces mois passés à me soigner. »

Comme il arrivait toujours dans des cas semblables puisque les actionnaires voulaient que l'hospice fonctionne à plein rendement, le Dr Igor accepta l'internement, bien qu'il eût clairement signifié qu'il n'était pas nécessaire.

Maria reçut la médication adéquate, un suivi psychologique, et ses symptômes diminuèrent, puis disparurent complètement.

Mais pendant ce temps, l'histoire de son internement se répandit dans la petite ville de Ljubljana. Son confrère, ami de longue date, compagnon d'innombrables heures de joie ou d'inquiétude, vint lui rendre visite à Villete. Il la félicita pour le courage dont elle avait fait preuve en acceptant ses conseils et en cherchant de l'aide. Puis il exposa la raison de sa venue : « Peut-être est-il vraiment temps que tu prennes ta retraite. »

Maria comprit ce que recouvraient ces mots : plus personne ne voudrait confier ses affaires à une avocate ayant fait un séjour à l'asile.

« Tu disais que le travail était la meilleure thérapie. Je veux revenir, ne serait-ce que pour une courte période. »

Elle attendit une réaction, mais il resta silencieux. « Tu as toi-même suggéré que je me soigne, reprit-elle. Quand je songeais à la retraite, je pensais partir victorieuse, réalisée, et de mon plein gré. Je ne veux pas quitter mon emploi comme cela, parce que j'ai subi une défaite. Donne-moi au moins une chance de retrouver l'estime de moi. Alors, je prendrai ma retraite. »

L'avocat se racla la gorge.

« Je t'ai suggéré de te soigner, pas de te faire interner.

– Mais c'était une question de survie. Je n'arrivais plus à sortir dans la rue, et c'en était fini de mon mariage ! »

Maria savait qu'elle parlait dans le vide. Elle ne parviendrait pas à le dissuader – au bout du compte, c'était le prestige du cabinet qui était en jeu. Néanmoins, elle fit une dernière tentative.

« Ici, j'ai fréquenté deux sortes de gens : les uns n'ont aucune chance de retourner dans la société, les autres sont totalement guéris, mais préfèrent feindre la folie pour ne pas avoir à affronter les responsabilités de l'existence. Je veux m'aimer de nouveau, j'en ai besoin, je dois me prouver que je suis capable de prendre seule des décisions me concernant. Je refuse d'être poussée vers des choses que je n'ai pas choisies.

– Nous avons le droit de faire toutes sortes d'erreurs dans la vie, conclut l'avocat. Sauf une : celle qui nous détruit. »

Il ne servait à rien de poursuivre cette conversation : à son avis, Maria avait commis l'erreur fatale.

Deux jours plus tard, on annonça la visite d'un autre avocat, issu d'un cabinet différent, considéré comme le meilleur rival de ses désormais ex-confrères. Maria reprit courage : peut-être savait-il qu'elle était libre d'accepter un nouvel emploi et lui offrirait-il une chance de retrouver sa place dans le monde ?

L'avocat entra dans la salle des visites, s'assit face à elle, sourit, lui demanda si elle allait mieux, et sortit de sa mallette plusieurs documents.

« Je suis ici pour représenter votre mari, lui annonça-t-il. Ceci est une demande de divorce. Bien entendu, il assumera les frais d'hospitalisation tout le temps que vous resterez ici. »

Cette fois, Maria ne réagit pas. Elle signa tout, bien qu'elle sût, grâce à sa formation et à sa pratique du droit, qu'elle pourrait prolonger indéfiniment ce différend. Ensuite, elle alla trouver le Dr Igor et lui dit que les symptômes de panique étaient revenus.

Le médecin savait qu'elle mentait, mais il prolongea l'internement pour une durée indéterminée.

Veronika décida d'aller se coucher, mais Eduard se tenait toujours debout à côté du piano.

« Je suis fatiguée, Eduard. J'ai besoin de dormir. »

Elle aurait aimé continuer à jouer pour lui, à extraire de sa mémoire anesthésiée toutes les sonates, tous les requiems, tous les adagios qu'elle connaissait, parce qu'il savait admirer sans rien exiger d'elle. Mais son corps n'en pouvait plus de fatigue.

Le jeune homme était tellement beau ! Si au moins il sortait un peu de son univers et la considérait comme une femme, alors ses dernières nuits sur cette terre seraient les plus belles de son existence. Seul Eduard pouvait comprendre que Veronika était une artiste. A travers l'émotion pure procurée par une sonate ou un menuet, elle avait forgé avec cet homme une forme d'attachement comme elle n'en avait jamais connu avec personne.

Eduard était l'homme idéal. Sensible, cultivé, il avait détruit un univers inintéressant pour le recréer dans sa tête, en le dotant de couleurs, d'histoires et de personnages nouveaux. Et ce nouveau monde incluait une femme, un piano et une lune qui continuait de croître.

« Je pourrais tomber amoureuse maintenant, te donner tout ce que j'ai, dit-elle, sachant qu'il ne pouvait pas saisir le sens de ses propos. Tu ne me demandes qu'un peu de musique, mais je suis beaucoup plus que je ne croyais, et j'aimerais partager avec toi d'autres choses que je commence à peine à comprendre. »

Eduard sourit. Avait-il compris ? Veronika prit peur – le manuel de bonne conduite dit que l'on ne doit pas parler d'amour de manière aussi directe, et jamais avec un homme que l'on n'a vu que quelques fois. Mais elle poursuivit parce qu'elle n'avait rien à perdre.

« Eduard, tu es le seul homme sur terre dont je puisse tomber amoureuse. Pour la bonne raison que, quand je mourrai, je ne te manquerai pas. Je ne sais pas ce que ressent un schizophrène, mais il ne doit certainement pas souffrir de l'absence de quelqu'un.

« Peut-être au début trouveras-tu étrange qu'il n'y ait plus de musique la nuit. Cependant, chaque fois que la lune apparaîtra, quelqu'un sera prêt à jouer des sonates, surtout dans un asile où tout le monde est " lunatique ". »

Elle ignorait à quoi tenait la relation entre les fous et la lune, mais celle-ci était sans doute très forte puisqu'on utilisait ce mot pour désigner certains malades mentaux.

« Moi non plus tu ne me manqueras pas, Eduard, parce que je serai morte, et loin d'ici. Et comme je n'ai pas peur de te perdre, je me moque de ce que tu penseras ou non de moi, j'ai joué pour toi aujourd'hui comme une femme amoureuse. C'était merveilleux. C'était le plus beau moment de ma vie. »

Elle aperçut Maria là-dehors, dans le parc. Elle se rappela ses paroles. Et elle regarda de nouveau le garçon devant elle.

Veronika ôta son pull et s'approcha d'Eduard. Si elle devait faire quelque chose, que ce soit maintenant. Maria ne supporterait pas le froid très longtemps et rentrerait bientôt.

Il recula d'un pas. Il y avait dans ses yeux une tout autre question : quand retournerait-elle s'asseoir au piano ? Quand jouerait-elle un autre morceau de musique, remplissant son âme des couleurs, des souffrances, des douleurs et des joies de ces compositeurs fous dont les œuvres avaient traversé tant de générations ?

« La femme qui est dehors m'a dit : " Masturbe-toi. Va où tu veux aller. " Puis-je aller plus loin que là où je suis toujours allée ? »

Elle prit la main d'Eduard et voulut le conduire jusqu'au sofa, mais il refusa poliment. Il préférait rester debout, près du piano, en attendant patiemment qu'elle se remît à jouer.

Déconcertée, Veronika se rendit bien vite compte qu'elle n'avait rien à perdre. Elle était morte, à quoi bon alimenter les peurs et les préjugés avec lesquels elle avait toujours limité son existence ? Elle ôta son chemisier, son pantalon, son soutien-gorge, sa culotte, et se tint nue devant lui.

Eduard rit. Elle ne savait pas de quoi, mais elle remarqua qu'il avait ri. Délicatement, elle prit sa main et la posa sur son sexe; la main resta là, immobile. Renonçant à son idée, Veronika l'en retira.

Quelque chose l'excitait bien davantage qu'un contact physique avec cet homme : le fait qu'elle pouvait faire ce qu'elle voulait, qu'il n'y avait aucune limite. A l'exception de la femme là-dehors qui pouvait rentrer à tout moment, tout le monde devait dormir.

Le sang de Veronika se mit à couler plus vite, et le froid qu'elle avait ressenti en se dévêtant disparut. Ils étaient tous les deux debout, face à face, elle nue, lui entièrement habillé. Veronika fit descendre sa main jusqu'à son sexe et commença à se masturber ; elle l'avait déjà fait, seule ou avec certains partenaires, mais jamais dans une situation comme celle-là où l'homme ne manifestait pas le moindre intérêt pour ce qui se passait.

Et c'était excitant, très excitant. Debout, jambes écartées, Veronika touchait son sexe, ses seins, ses cheveux, s'abandonnant comme jamais elle ne s'était abandonnée, non parce qu'elle voulait voir ce garçon sortir de son univers lointain, mais surtout parce qu'elle n'avait jamais connu une telle expérience.

Elle se mit à parler, à tenir des propos impensables, que ses parents, ses amis, ses ancêtres auraient considérés comme obscènes. Vint le premier orgasme, et elle se mordit les lèvres pour ne pas hurler de plaisir.

Eduard la défiait du regard. Un nouvel éclat dans les yeux, il semblait comprendre un peu, ne fût-ce que l'énergie, la chaleur, la sueur, l'odeur qui émanaient de son corps. Veronika n'était pas encore satisfaite. Elle s'agenouilla et se masturba de nouveau.

Elle aurait voulu mourir de jouissance, en imaginant et en réalisant tout ce qui lui avait toujours été interdit : elle supplia l'homme de la toucher, de la soumettre, de lui faire tout ce dont il avait envie. Elle désira que Zedka fût présente aussi, car une femme sait caresser le corps d'une autre femme comme aucun homme ne le fait, puisqu'elle en connaît tous les secrets.

A genoux devant cet homme toujours debout, elle se sentit prise et possédée et usa de mots grossiers pour décrire ce qu'elle voulait qu'il lui fît. Un nouvel orgasme arriva, plus violent que le précédent, comme si tout autour d'elle allait exploser. Elle pensa à l'attaque qu'elle avait eue le matin, mais cela n'avait plus aucune importance, elle allait mourir dans une explosion de plaisir. Elle fut tentée de toucher le sexe d'Eduard, juste devant son visage, mais elle ne voulait pas courir le risque de gâcher ce moment. Elle allait loin, très loin, exactement comme l'avait dit Maria.

Elle s'imagina reine et esclave, dominatrice et dominée. Dans son fantasme, elle faisait l'amour avec des Blancs, des Noirs, des Jaunes, des homosexuels, des mendiants. Elle appartenait à tous, et ils pouvaient tout lui faire. Elle eut successivement un, deux, trois orgasmes. Elle imagina tout ce que jamais elle n'avait imaginé, et elle s'abandonna à ce qu'il y avait de plus vil et de plus pur. Finalement, incapable de se contenir plus longtemps, elle se mit à crier sous l'effet du plaisir, de la douleur de ses orgasmes, à cause de tous les hommes et femmes qui avaient pénétré son corps en passant par les portes de son esprit.

Elle s'allongea par terre et resta là, baignée de sueur, l'âme en paix. Elle s'était caché à elle-même ses désirs secrets, sans jamais vraiment savoir pourquoi, et elle n'avait nul besoin d'une réponse. Il lui suffisait de s'être abandonnée.

Peu à peu, le monde reprit sa place, et Veronika se leva. Eduard était demeuré tout le temps immobile, mais quelque chose en lui semblait changé : il y avait dans ses yeux de la tendresse, une tendresse très humaine.

« C'était si bon que je parviens à voir de l'amour partout, jusque dans les yeux d'un schizophrène. »

Elle commençait à se rhabiller lorsqu'elle perçut une autre présence dans la pièce.

Maria était là. Veronika ignorait à quel moment elle était entrée, et ce qu'elle avait vu ou entendu, mais elle ne ressentait ni honte ni crainte. Elle la regarda seulement avec une certaine distance, comme on regarde une personne trop proche.

« J'ai fait ce que tu m'avais suggéré, dit-elle. Je suis allée très loin. »

Maria garda le silence ; elle venait de revivre des moments capitaux de son existence et elle éprouvait un léger malaise. Peut-être était-il temps d'affronter de nouveau le monde extérieur et de se dire que tous, même ceux qui n'avaient jamais connu l'hospice, pouvaient être membres d'une grande fraternité. Comme cette gamine, par exemple, qui n'avait d'autre raison de se trouver à Villete que celle d'avoir attenté à sa propre vie. Elle n'avait jamais connu la panique, la dépression, les visions mystiques, les psychoses, les frontières auxquelles l'esprit humain peut nous conduire. Elle avait certes rencontré beaucoup d'hommes, mais sans jamais aller au bout de ses désirs les plus secrets et, résultat, la moitié de sa vie demeurait pour elle une inconnue. Ah ! si chacun pouvait reconnaître sa propre folie intérieure et vivre avec ! Le monde irait-il plus mal ? Non, les gens seraient plus justes et plus heureux.

« Pourquoi n'ai-je jamais fait cela auparavant ?

– Il veut que tu joues encore un morceau, dit Maria en regardant Eduard. Je pense qu'il le mérite.

189

– Je vais jouer, mais réponds-moi : pourquoi n'ai-je jamais fait cela auparavant ? Si je suis libre, si je peux penser à tout ce que je veux, pourquoi me suis-je toujours empêchée d'imaginer des situations défendues ?

– Défendues ? Ecoute : j'ai été avocate, et je connais les lois. J'ai aussi été catholique, et je connais par cœur des passages entiers de la Bible. Qu'entends-tu par " défendues " ? » Maria s'approcha d'elle et l'aida à remettre son pull.

« Regarde-moi dans les yeux, et n'oublie pas ce que je vais te dire. Il n'existe que deux choses défendues, l'une par la loi humaine, l'autre par la loi divine. N'impose jamais un rapport sexuel à quelqu'un, car c'est considéré comme un viol. Et n'aie jamais de relation avec des enfants, parce que c'est le pire des péchés. Hormis cela, tu es libre. Il existe toujours quelqu'un qui désire exactement la même chose que toi. »

Maria n'avait pas la patience d'enseigner quoi que ce soit d'important à une personne qui allait mourir bientôt. Avec un sourire, elle souhaita bonne nuit à Veronika et se retira.

Eduard ne bougea pas, il attendait son morceau de musique. Veronika devait le récompenser pour l'immense volupté qu'il lui avait donnée, en restant simplement devant elle à regarder sa folie sans crainte ni répulsion. Elle s'assit au piano et se remit à jouer.

190

Son âme était légère, même la peur de la mort ne la tourmentait plus. Elle venait de faire l'expérience de ce qu'elle s'était toujours caché à elle-même. Elle avait éprouvé les jouissances de la vierge et de la prostituée, de l'esclave et de la reine – de l'esclave plus que de la reine.

Cette nuit-là, comme par miracle, toutes les chansons qu'elle connaissait lui revinrent en mémoire, et elle fit en sorte qu'Eduard eût autant de plaisir qu'elle en avait eu.

Quand le Dr Igor donna de la lumière, il eut la surprise de trouver la jeune fille assise dans la salle d'attente de son cabinet de consultation.

« Il est encore très tôt. Et j'ai une journée bien remplie.

– Je sais qu'il est tôt, répliqua-t-elle. Et la journée n'a pas encore commencé. Je dois vous parler un peu, juste un moment. J'ai besoin de votre aide. »

Elle avait les yeux cernés et la peau terne, signes d'une nuit blanche.

Le Dr Igor décida de la laisser entrer. Il la pria de s'asseoir, alluma la lampe du bureau et ouvrit les rideaux. Le jour se lèverait dans moins d'une heure, il pourrait alors faire des économies d'électricité ; les actionnaires s'inquiétaient toujours des dépenses, aussi minimes fussent-elles.

Il jeta un rapide coup d'œil sur son agenda : Zedka avait pris son dernier choc insulinique, et elle avait bien réagi – ou plutôt elle avait réussi à survivre à ce traitement inhumain. Heureusement que, dans ce cas spécifique, le Dr Igor avait exigé du conseil de l'hôpital qu'il signât une déclaration par laquelle il assumait la responsabilité de toutes les conséquences.

Puis il examina les rapports. Les infirmiers signalaient le comportement agressif de deux ou trois patients au cours de la nuit, et notamment d'Eduard qui avait regagné son dortoir à quatre heures du matin et refusé d'avaler ses somnifères. Le Dr Igor devait prendre des mesures : aussi libéral que pût être Villete à l'intérieur, il était nécessaire de garder les apparences d'une institution conservatrice et sévère.

« J'ai quelque chose de très important à vous demander », commença la jeune fille.

Mais le Dr Igor ne prêta aucune attention à ses paroles. Prenant un stéthoscope, il ausculta ses poumons et son cœur. Il testa ses réflexes et examina sa rétine au moyen d'une petite lampe de poche. Il vit qu'elle ne présentait presque plus de signes d'empoisonnement par le Vitriol – ou l'Amertume, ainsi que tout le monde préférait l'appeler.

193

Ensuite, il demanda par téléphone à une infirmière d'apporter un médicament au nom compliqué.

« Il paraît que tu n'as pas pris ton injection hier soir, dit-il.

— Mais je me sens mieux.

— Cela se voit sur ton visage : cernes, fatigue, absence de réflexes immédiats. Si tu veux profiter du peu de temps qui te reste, je t'en prie, fais ce que je te demande.

— C'est justement pour cela que je suis ici. Je veux en profiter, mais à ma manière. Combien de temps me reste-t-il ? »

Le Dr Igor la considéra par-dessus ses lunettes.

« Vous pouvez me répondre franchement, insista-t-elle. Je n'ai pas peur, je ne suis pas non plus indifférente. J'ai envie de vivre, mais je sais que cela ne suffit pas, et je suis résignée à mon destin.

— Alors, que veux-tu ? »

L'infirmière entra avec la seringue. Le Dr Igor fit un signe de la tête ; elle souleva délicatement la manche du pull de Veronika.

« Combien de temps me reste-t-il ? répéta Veronika, tandis que l'infirmière lui faisait l'injection.

— Vingt-quatre heures. Peut-être moins. »

Elle baissa les yeux et se mordit les lèvres. Mais elle parvint à se contrôler.

« Je veux vous demander deux faveurs. La première, que l'on me donne un médicament, une piqûre, n'importe quoi, pour que je demeure éveillée et que je profite de chaque minute qui me reste. J'ai très sommeil, mais je ne veux pas dormir. J'ai beaucoup à faire, des choses que j'ai toujours remises à plus tard, du temps où je croyais que la vie était éternelle. Des choses qui ne m'intéressaient plus quand je me suis mise à croire que la vie n'en valait pas la peine.

– Et quelle est ta seconde requête ?

– Je voudrais sortir d'ici et mourir dehors. Visiter le château de Ljubljana, qui a toujours été sous mes yeux et que je n'ai jamais eu la curiosité d'aller voir de près. Je dois parler avec la femme qui vend des châtaignes en hiver, et des fleurs au printemps ; nous nous sommes croisées tant de fois, et je ne lui ai jamais demandé comment elle allait. Je veux marcher dans la neige sans veste et sentir le froid extrême – moi qui ai toujours été bien couverte de peur d'attraper un rhume.

« Enfin, Dr Igor, j'ai besoin de sentir la pluie couler sur mon visage, de sourire aux hommes qui me plairont, d'accepter tous les cafés qu'ils m'inviteront à prendre. Je dois embrasser ma mère, lui dire que je l'aime, pleurer dans ses bras sans avoir honte de montrer mes sentiments, parce qu'ils ont toujours existé et que je les ai dissimulés.

« Peut-être que j'entrerai dans l'église, que je regarderai ces images qui ne m'ont jamais rien dit et qu'enfin elles me parleront. Si un homme intéressant m'invite dans une boîte, j'accepterai et je danserai toute la nuit, jusqu'à tomber d'épuisement. Ensuite j'irai au lit avec lui, mais je ne ferai pas comme avec les autres, lorsque je tentais de garder le contrôle de moi ou feignais des sensations que je n'éprouvais pas. Je veux m'abandonner à un homme, à la ville, à la vie et, enfin, à la mort. »

Il y eut un silence pesant quand Veronika se tut. Médecin et patiente se regardaient droit dans les yeux, songeurs, peut-être, à l'idée des nombreuses possibilités qu'offrent vingt-quatre heures.

« Je peux te donner des stimulants, mais je ne te conseille pas de les prendre, dit enfin le Dr Igor. Ils te garderont éveillée, mais ils te priveront aussi de la paix dont tu as besoin pour vivre tout cela. »

Veronika commença à se sentir mal ; chaque fois qu'on lui faisait cette piqûre, elle sentait un malaise dans tout son corps.

« Tu es de plus en plus pâle. Peut-être vaut-il mieux que tu ailles te coucher et que nous reprenions cette conversation demain. »

Elle eut de nouveau envie de pleurer, mais elle se contint.

« Il n'y aura pas de demain, et vous le savez bien. Je suis fatiguée, Dr Igor, extrêmement fatiguée. C'est pour cela que je vous ai demandé ces comprimés. J'ai passé une nuit blanche, partagée entre le désespoir et la résignation. La peur pourrait me causer une nouvelle crise d'hystérie, comme hier, mais à quoi bon ? Puisque j'ai encore vingt-quatre heures à vivre et qu'il y a tant de choses devant moi, j'ai décidé qu'il valait mieux laisser le désespoir de côté.

« Je vous en prie, Dr Igor, laissez-moi vivre le peu de temps qui me reste. Nous savons tous les deux que demain il sera peut-être trop tard.

— Va dormir, insista le médecin. Et reviens ici à midi. Nous reprendrons alors cette conversation. »

Veronika comprit qu'il n'y avait pas d'issue.

« Je vais dormir, et je reviendrai. Mais avons-nous encore quelques minutes ?

— Quelques minutes, pas plus. Je suis très occupé aujourd'hui.

— J'irai droit au but. La nuit dernière, pour la première fois, je me suis masturbée sans aucune inhibition. J'ai imaginé tout ce que je n'avais jamais osé imaginer, j'ai pris du plaisir à des choses qui autrefois m'effrayaient ou me répugnaient. »

Le Dr Igor adopta une attitude froide et professionnelle. Il ne savait pas où menait cette conversation, et il ne voulait pas s'attirer de problèmes avec ses supérieurs.

« J'ai découvert que j'étais une dépravée, docteur. Je veux savoir si cela a contribué à ma tentative de suicide. Il y a en moi beaucoup de choses que j'ignorais. »

« Bon, elle ne me demande qu'un diagnostic, pensa-t-il. Pas besoin d'appeler l'infirmière pour qu'elle assiste à la conversation et m'évite ainsi de futurs procès pour abus sexuel. »

« Nous voulons tous tenter des expériences différentes, répondit-il. Et nos partenaires aussi. Où est le problème ?

— Répondez-moi.

— Eh bien, le problème, c'est que, quand tout le monde fait des rêves mais que seuls quelques-uns les réalisent, nous nous sentons tous lâches.

— Même si ces quelques-uns ont raison ?

— Celui qui a raison, c'est celui qui est le plus fort. Dans ce cas, paradoxalement, ce sont les lâches qui sont les plus courageux, ils réussissent à imposer leurs idées. »

Le Dr Igor ne souhaitait pas aller plus loin.

« Je t'en prie, va te reposer un peu, j'ai d'autres patients à recevoir. Si tu m'écoutes, je verrai ce que je peux faire concernant ta seconde requête. »

La jeune fille quitta la pièce. La patiente suivante était Zedka, qui devait recevoir son bulletin de sortie. Le Dr Igor lui demanda d'attendre un peu car il devait prendre quelques notes sur la conversation qu'il venait d'avoir.

Il était nécessaire d'inclure dans sa thèse sur le Vitriol un chapitre supplémentaire sur le sexe. Finalement, une grande partie des névroses et des psychoses provenait de là – selon lui, les fantasmes étaient des impulsions électriques dans le cerveau et, s'ils n'étaient pas réalisés, ils déchargeaient leur énergie dans d'autres domaines.

Au cours de ses études de médecine, le Dr Igor avait lu un traité intéressant sur les déviances sexuelles : sadisme, masochisme, homosexualité, coprophagie, voyeurisme, coprolalie – la liste était longue. Au début, il pensait qu'elles ne relevaient que de quelques individus déséquilibrés incapables d'une relation saine avec leur partenaire. Cependant, au fur et à mesure qu'il progressait en tant que psychiatre et s'entretenait avec ses patients, il se rendit compte que tous avaient une expérience singulière à raconter. Ils s'asseyaient dans le confortable fauteuil de son bureau, baissaient les yeux et entreprenaient un long monologue sur ce qu'ils appelaient leurs « maladies » (comme si ce n'était pas lui, le médecin !) ou leurs « perversions » (comme si ce n'était pas lui, le psychiatre chargé d'en décider !).

Ainsi, l'un après l'autre, les individus « normaux » évoquaient les fantasmes décrits par le fameux traité sur les déviances érotiques – un ouvrage qui défendait d'ailleurs le droit de chacun à l'orgasme qu'il souhaitait, dès lors qu'il ne violait pas le droit de son partenaire. Des femmes qui avaient fait leurs études dans des établissements tenus par des religieuses rêvaient d'être humiliées ; des hauts fonctionnaires en costume-cravate avouaient qu'ils dépensaient des fortunes avec des prostituées roumaines uniquement pour leur lécher les pieds ; des garçons aimaient les garçons, des filles étaient amoureuses de leurs amies de collège ; des maris voulaient voir leur femme possédée par des étrangers, des femmes se masturbaient chaque fois qu'elles trouvaient une trace de l'adultère de leur homme ; des mères de famille devaient contrôler leur désir impulsif de se donner au premier livreur qui sonnait à la porte, des pères racontaient leurs aventures secrètes avec les rarissimes travestis qui parvenaient à passer le rigoureux contrôle des frontières. Et des orgies. Il semblait que tout le monde, au moins une fois dans sa vie, désirait participer à une orgie.

Le Dr Igor posa un instant son stylo et se mit à réfléchir : et lui ? Oui, lui aussi aimerait cela. L'orgie, telle qu'il l'imaginait, devait être un événement complètement anarchique, joyeux, où n'existait plus le sentiment de possession, mais seulement le plaisir et la confusion.

N'était-ce pas là l'un des principaux motifs de si nombreux empoisonnements par l'Amertume ? Des mariages réduits à une sorte de mono-théisme forcé, où – selon les études que le Dr Igor conservait soigneusement dans sa bibliothèque médicale – le désir sexuel disparaissait au bout de trois ou quatre ans de vie commune. Dès lors, la femme se sentait rejetée, l'homme esclave du mariage, et le Vitriol, l'Amertume, commençait à tout détruire.

Devant un psychiatre, les gens s'exprimaient plus ouvertement que devant un prêtre : le médecin ne peut pas menacer de l'enfer. Durant sa longue carrière de psychiatre, le Dr Igor avait entendu pratiquement tout ce qu'ils avaient à raconter.

Raconter. Rarement *faire.* Même après plusieurs années d'exercice de sa profession, il se demandait encore d'où provenait une telle peur d'être différent. Lorsqu'il en cherchait la raison, la réponse qu'il entendait le plus souvent était la suivante : « Mon mari va penser que je suis une putain. » Quand c'était un homme qui se trouvait devant lui, celui-ci déclarait invariablement : « Ma femme mérite le respect. » Et, en général, la conversation s'arrêtait là. Il avait beau affirmer que chacun a un profil sexuel distinct, aussi unique que ses empreintes digitales, personne ne voulait le croire. On n'osait pas être libre de crainte que le partenaire ne soit encore esclave de ses préjugés.

« Je ne vais pas changer le monde », se dit-il, résigné, et il demanda à l'infirmière de faire entrer l'ex-dépressive. « Mais au moins je peux dire dans ma thèse ce que je pense. »

Eduard vit Veronika sortir du cabinet de consultation du Dr Igor et se diriger vers l'infirmerie. Il eut envie de lui confier ses secrets, de lui ouvrir son âme, avec la même honnêteté et la même liberté que celle avec laquelle, la nuit précédente, elle lui avait ouvert son corps.

Cette épreuve était l'une des plus rudes qu'il ait connues depuis qu'il avait été interné à Villete pour cause de schizophrénie. Mais il avait résisté à la tentation, et il était content, même si son désir de revenir au monde commençait à le troubler.

« Tous ici savent que cette fille ne tiendra pas jusqu'à la fin de la semaine. Alors à quoi bon ? »

Ou peut-être, justement pour cette raison, serait-il bon de partager son histoire avec elle. Depuis trois ans, il ne parlait qu'avec Maria, et pourtant il n'était pas certain qu'elle le comprît vraiment. Elle était mère, elle devait penser que ses parents avaient eu raison, qu'ils ne désiraient que son bien, que les visions du Paradis étaient un stupide rêve d'adolescent, sans lien avec le monde réel.

Les visions du Paradis. Voilà ce qui l'avait mené en enfer, entraînant des querelles sans fin avec sa famille et suscitant en lui un sentiment de culpabilité tellement violent qu'il ne pouvait plus réagir : il s'était réfugié alors dans un autre univers. Sans l'aide de Maria, il vivrait encore dans cette réalité séparée. Mais Maria était apparue, elle s'était occupée de lui, et il s'était senti de nouveau aimé. Grâce à elle, Eduard était encore capable de savoir ce qui se passait autour de lui.

Quelques jours plus tôt, une fille de son âge s'était assise au piano pour jouer la *Sonate au clair de lune*. Ne sachant pas si c'était la faute de la musique, ou de la fille, ou de la lune, ou du temps passé à Villete, Eduard s'était senti de nouveau troublé par les visions du Paradis.

Il la suivit jusqu'au dortoir des femmes où un infirmier lui barra le passage.

« Eduard, tu ne peux pas entrer ici. Retourne au parc ; le jour se lève et il va faire beau. »

Veronika se retourna. « Je vais dormir un peu, lui dit-elle d'une voix douce. Nous parlerons à mon réveil. »

Veronika ne comprenait pas pourquoi, mais ce garçon s'était mis à faire partie de son univers – ou du peu qui en restait. Elle était certaine qu'il était capable de comprendre sa musique, d'admirer son talent ; même s'il ne prononçait pas un mot, ses yeux pouvaient tout dire. A ce moment précis, à la porte du dortoir, ils lui parlaient de choses qu'elle ne voulait pas reconnaître. Tendresse. Amour.

« La fréquentation de ces malades mentaux m'a rapidement rendue folle. Les schizophrènes ne peuvent pas éprouver cela, puisqu'ils ne sont pas de ce monde. »

Veronika eut envie de retourner lui donner un baiser, mais elle s'en abstint ; l'infirmier pouvait la voir, le raconter au Dr Igor, et le médecin ne permettrait certainement pas à une femme qui embrasse un schizophrène de sortir de Villete.

Eduard défia l'infirmier du regard. Son attirance pour cette fille était plus forte qu'il ne l'imaginait, mais il devait se contrôler, demander conseil à Maria, la seule personne avec laquelle il partageait ses secrets. Elle lui dirait sans doute ce qu'il avait envie d'entendre, que cet amour, en l'occurrence, était tout à la fois dangereux et inutile. Elle lui demanderait de cesser ses idioties et de redevenir un schizophrène normal (puis elle rirait un bon coup parce que cette phrase n'avait pas le moindre sens).

Il rejoignit au réfectoire les autres pensionnaires, mangea ce qu'on lui offrait, et sortit pour la promenade obligatoire dans le parc. Pendant le « bain de soleil » (ce jour-là, la température était inférieure à zéro), il tenta de s'approcher de Maria, mais elle avait l'air de vouloir rester seule. Elle n'avait pas besoin de le lui dire, il connaissait assez la solitude pour respecter celle d'autrui.

Un nouveau pensionnaire, qui sans doute ne connaissait encore personne, s'approcha de lui.

« Dieu a puni l'humanité, disait-il. Il lui a envoyé la peste. Mais je L'ai vu dans mes rêves. Il m'a demandé de venir sauver la Slovénie. »

Eduard commença à s'éloigner, tandis que l'homme hurlait : « Tu penses que je suis fou ? Alors lis les Evangiles ! Dieu a envoyé son Fils, et son Fils vient pour la seconde fois ! »

Mais Eduard ne l'écoutait plus. Il regardait les montagnes au loin et se demandait ce qui lui arrivait. Pourquoi avait-il envie de sortir d'ici puisqu'il avait enfin trouvé la paix tant recherchée ? Pourquoi risquer de faire de nouveau honte à ses parents, alors que tous les problèmes de la famille étaient résolus ? Il s'agita, marcha de long en large en attendant que Maria sorte de son mutisme. Mais elle semblait plus distante que jamais.

Il savait comment s'enfuir de Villete – il y avait de nombreuses failles dans la sécurité, si sévère fût-elle en apparence, qui s'expliquaient par le fait qu'une fois à l'intérieur on n'avait plus envie de retourner dehors. Le mur ouest pouvait être escaladé sans grande difficulté, car il était plein de lézardes ; s'il décidait de le franchir, Eduard se retrouverait aussitôt dans un champ et, cinq minutes plus tard, en se dirigeant vers le nord, il gagnerait une route menant en Croatie. La guerre était finie, les frères étaient de nouveau frères, les frontières n'étaient plus aussi surveillées qu'avant ; avec un peu de chance, il pourrait être à Belgrade en six heures.

Eduard s'était rendu plusieurs fois sur cette route, mais il avait toujours décidé de rentrer à Villete, car il n'avait pas encore reçu le signe lui enjoignant d'aller plus loin. Maintenant, les choses étaient différentes : ce signe s'était enfin manifesté sous les traits d'une fille aux yeux verts et aux cheveux châtains, ayant l'air inquiet de ceux qui croient savoir ce qu'ils veulent.

Eduard songea à se diriger vers le mur, à partir et à disparaître à jamais de Slovénie. Mais la fille dormait, et il devait au moins lui dire adieu.

A la fin du « bain de soleil », lorsque les membres de la Fraternité se réunirent dans le salon, Eduard se joignit à eux.

« Qu'est-ce que ce fou fait ici ? demanda le plus âgé.

— Laisse-le, dit Maria. Nous aussi nous sommes fous. »

Tous rirent et se mirent à discuter de la conférence de la veille. La question était : la méditation soufie peut-elle réellement transformer le monde ? Surgirent des théories, des suggestions, des méthodologies, des idées contradictoires, des critiques visant le conférencier, des manières d'améliorer l'héritage de tant de siècles.

Eduard en avait assez des discussions de ce genre. Les gens s'enfermaient dans un hôpital psychiatrique et entreprenaient de sauver le monde sans prendre le moindre risque, parce qu'ils savaient pertinemment que, dehors, on les trouverait ridicules malgré leurs propositions très concrètes. Chacun avait une théorie personnelle sur tout et était persuadé que *sa* vérité était la seule qui comptait. Ils passaient des jours, des nuits, des semaines et des années à bavarder, sans jamais accepter la seule réalité que recouvre une idée : bonne ou mauvaise, elle n'existe que lorsqu'on essaie de la mettre en pratique.

Qu'était la méditation soufie ? Qu'était Dieu ? Qu'était le salut, si tant est que le monde devait être sauvé ? Rien. Si tous ici – et au-dehors – vivaient leur vie et laissaient les autres en faire autant, Dieu serait contenu dans chaque instant, dans chaque graine de moutarde, dans chaque bout de nuage qui apparaît et se défait l'instant suivant. Dieu était là, et pourtant les gens croyaient nécessaire de continuer à le chercher, parce qu'il semblait trop simple d'accepter que la vie est un acte de foi.

Il se souvint de l'exercice si facile, évident, qu'il avait entendu le maître soufi enseigner pendant qu'il attendait que Veronika revînt au piano : regarder une rose. Avait-on besoin de davantage ?

Et pourtant, après l'expérience de la méditation profonde, après être arrivé si près des visions du Paradis, ces gens étaient là à discuter, à argumenter, à critiquer, à échafauder des théories.

Le regard d'Eduard croisa celui de Maria. Elle l'évita, mais il était décidé à mettre fin une bonne fois pour toutes à cette situation. Il s'approcha d'elle et la prit par le bras.

« En voilà assez, Eduard. »

Il aurait pu dire : « Viens avec moi. » Mais il ne voulait pas le faire devant ces gens ; ils auraient été surpris du ton ferme de sa voix. Alors, il préféra se mettre à genoux et l'implorer du regard.

Les hommes et les femmes rirent.

« Maria, tu es devenue une sainte pour lui, fit remarquer quelqu'un. C'est sans doute le résultat de la méditation d'hier. »

Mais des années de silence avaient appris à Eduard à parler silencieusement : il était capable de mettre toute son énergie dans son regard. De même qu'il avait la certitude absolue que Veronika avait deviné sa tendresse et son amour, il savait que Maria allait comprendre son désespoir parce qu'il avait besoin d'elle.

Elle résista encore un peu, et finalement se leva et le prit par la main.

« Allons faire un tour, dit-elle. Tu es nerveux. »

Ils retournèrent dans le parc. Dès qu'ils furent à une bonne distance et certains que personne n'entendrait leur conversation, Eduard rompit le silence.

« Je suis à Villete depuis des années. J'ai cessé de faire honte à mes parents, j'ai laissé toutes mes ambitions de côté, mais les visions du Paradis ne m'ont pas quitté.

– Je le sais, répondit Maria. Nous en avons parlé très souvent. Et je sais aussi où tu veux en venir : il est temps de partir. »

Eduard leva les yeux au ciel ; éprouvait-elle la même chose ?

« C'est à cause de la petite, reprit Maria. Nous avons déjà vu beaucoup de gens mourir dans cet établissement, toujours au moment où ils ne s'y attendaient pas, et en général après avoir perdu tout espoir. Mais c'est la première fois que cela arrive à une personne jeune, jolie, en bonne santé, qui a tant de choses à vivre devant elle. Veronika est la seule qui n'aurait pas désiré rester à Villete pour toujours. Et cela nous oblige à nous demander : "Et nous, que cherchons-nous ici ? " »

Il fit de la tête un signe affirmatif.

« Alors, la nuit dernière, moi aussi je me suis demandé ce que je faisais dans cet hospice. Et j'ai pensé combien il serait plus intéressant de me trouver sur la place, aux Trois Ponts, au marché en face du théâtre en train d'acheter des pommes et de parler du temps. Bien sûr, je retrouverais des choses oubliées – les factures à payer, les anicroches avec les voisins, le regard ironique de gens qui ne me comprennent pas, la solitude, les plaintes de mes enfants. Mais je pense que tout cela fait partie de la vie et qu'affronter ces petits problèmes a un prix bien moindre que de ne pas les reconnaître comme nôtres. Je songe à me rendre aujourd'hui chez mon ex-mari, seulement pour lui dire merci. Qu'en penses-tu ?

– Rien. Devrais-je aller chez mes parents leur dire la même chose ?

– Peut-être. Au fond, tout ce qui survient dans nos vies est exclusivement de notre faute. Beaucoup de gens ont traversé les mêmes difficultés et ont réagi d'une manière différente. Nous avons recherché la facilité : une réalité séparée. »

Eduard savait que Maria avait raison.

« J'ai envie de recommencer à vivre, Eduard. En commettant les erreurs que j'ai toujours désiré commettre sans en avoir jamais eu le courage. En affrontant la panique qui peut resurgir, mais qui ne m'apportera que de la fatigue car je sais que je n'en mourrai pas et que je ne m'évanouirai pas à cause d'elle. Je peux rencontrer de nouveaux amis et leur apprendre comment être fous pour devenir sages. Je leur conseillerai de ne pas suivre les manuels de bonne conduite mais de découvrir leur propre existence, leurs désirs, leurs aventures, et de *vivre* ! Je citerai l'Ecclésiaste aux catholiques, le Coran aux musulmans, la Torah aux juifs, les textes d'Aristote aux athées Plus jamais je ne veux être avocate, mais je peux mettre à profit mon expérience en donnant des conférences sur les êtres qui ont connu la vérité de cette existence et dont les écrits peuvent se résumer en un seul mot : " Vivez ! " Si tu vis, Dieu vivra avec toi. Si tu te refuses à prendre des risques, Il se retirera dans le Ciel et restera un thème de spéculation philosophique.

« Tout le monde le sait, mais personne ne fait le premier pas en ce sens, peut-être de peur d'être traité de fou. Au moins, nous n'avons pas cette crainte, Eduard. Nous avons enduré un séjour à Villete.

– Seulement, nous ne pouvons pas nous porter candidats à la présidence de la République. L'opposition exploiterait notre passé. »

Maria acquiesça en riant.

« Je suis lasse de cette vie. Je ne sais pas si je réussirai à surmonter ma peur, mais j'en ai assez de la Fraternité, du parc, de Villete, de faire semblant d'être folle.

– Si je pars, tu pars aussi ?

– Tu ne le feras pas.

– Je l'ai presque fait il y a quelques minutes.

– Je ne sais pas. Je suis fatiguée de tout cela, mais j'y suis habituée.

– Quand je suis entré ici avec l'étiquette de schizophrène, tu as passé des jours, des mois, à me prêter attention et à me traiter comme un être humain. Moi aussi je me suis habitué à la vie que j'avais décidé de mener, à la réalité que je m'étais créée, mais tu ne l'as pas permis. Je t'ai détestée, et aujourd'hui je t'aime. Je veux que tu sortes de Villete, Maria, comme je sors de mon univers séparé. »

Maria s'éloigna sans répondre.

Dans la petite bibliothèque peu fréquentée de Villete, Eduard ne trouva pas le Coran, ni Aristote, ni les textes auxquels Maria avait fait allusion. Mais il découvrit les mots d'un poète :

Alors je me suis dit : Le sort
de l'insensé sera aussi le mien.
Va, mange ton pain avec joie,
et bois avec plaisir ton vin
car Dieu a accepté tes œuvres.
Que tes vêtements soient toujours blancs,
et qu'il ne manque jamais de parfum sur ta
tête.
Jouis de la vie avec la femme que tu aimes
dans tous les jours de vanité que Dieu
t'a accordés sous le soleil.
C'est pour cette part qui te revient dans la
vie
que tu prends de la peine sous le soleil.
Suis les chemins de ton cœur
et le désir de tes yeux,
en sachant que Dieu te demandera des
comptes.

« Dieu me demandera des comptes à la fin, dit Eduard à voix haute. Et je lui dirai : " Pendant

214

une période de ma vie, j'ai regardé le vent, j'ai oublié de semer, je n'ai pas profité de mes journées, je n'ai même pas bu le vin qui m'était offert. Mais un jour, j'ai jugé que j'étais prêt et je me suis remis au travail. J'ai raconté aux hommes mes visions du Paradis, comme Bosch, Van Gogh, Wagner, Beethoven, Einstein et d'autres fous l'avaient fait avant moi. " Bon, Il dira que je suis sorti de l'hospice pour ne pas voir mourir une jeune fille, mais elle sera au ciel, et elle intercédera en ma faveur.

– Qu'est-ce que tu racontes ? intervint l'employé chargé de la bibliothèque.

– Je veux sortir de Villete maintenant, répondit Eduard, d'une voix assez forte. J'ai à faire. »

Le bibliothécaire pressa une sonnette et, en un instant, deux infirmiers apparurent.

« Je veux sortir, répéta Eduard, agité. Je vais bien, laissez-moi parler au Dr Igor. »

Les deux hommes l'attrapèrent chacun par un bras. Eduard tenta de se dégager bien qu'il sût que c'était inutile.

« Tu as une crise, calme-toi, lui dit l'un des infirmiers. Nous allons nous en occuper. »

Eduard se mit à se débattre.

« Laissez-moi parler au Dr Igor. J'ai beaucoup de choses à lui dire, je suis certain qu'il va comprendre ! »

Mais les hommes l'entraînaient déjà vers l'infirmerie.

« Lâchez-moi ! criait-il. Laissez-moi lui parler au moins une minute ! »

Pour se rendre à l'infirmerie, il fallait traverser le salon où tous les autres pensionnaires étaient réunis. Quand ils virent Eduard se démener, l'agitation gagna l'assistance.

« Laissez-le libre ! Il est fou ! »

Certains riaient, d'autres frappaient sur les tables et sur les chaises.

« C'est un hospice ici ! Personne n'est obligé de se comporter comme vous ! »

L'un des infirmiers murmura à l'autre : « Il faut leur faire peur, ou d'ici peu la situation deviendra incontrôlable.

— Il n'y a qu'un moyen.

— Cela ne plaira pas au Dr Igor.

— Ce sera encore pire s'il voit cette bande de maniaques tout casser dans son sacro-saint établissement. »

Veronika se réveilla alarmée, couverte de sueur froide. Il y avait beaucoup de bruit, et elle aurait eu besoin de silence pour dormir encore. Mais le vacarme persistait.

Elle se leva, un peu hébétée, et se dirigea vers le salon à temps pour voir des infirmiers entraîner Eduard, tandis que d'autres accouraient en brandissant des seringues.

« Que se passe-t-il ? s'écria-t-elle.

– Veronika ! »

Le schizophrène lui avait parlé ! Il avait prononcé son nom ! Eprouvant une honte mêlée de surprise, elle tenta de s'approcher. Un infirmier l'en empêcha.

« Qu'est-ce que vous faites ? Je ne suis pas ici parce que je suis folle ! Vous ne pouvez pas me traiter ainsi ! »

Elle parvint à repousser l'infirmier, tandis que les autres pensionnaires hurlaient et faisaient un tintamarre qui l'épouvanta. Devait-elle aller trouver le Dr Igor et partir sur-le-champ ?

« Veronika ! »

Il l'avait encore appelée. Dans un effort surhumain, Eduard réussit à se libérer de l'étreinte des deux hommes. Mais, au lieu de s'échapper en courant, il resta debout, immobile, dans la même posture que la nuit précédente. Comme par magie, tout le monde s'arrêta, attendant le mouvement suivant.

L'un des infirmiers s'approcha de nouveau. Rassemblant toute son énergie, Eduard le regarda.

« Je vous suis. Je sais où vous m'emmenez, et je sais aussi que vous désirez que tout le monde le sache. Attendez seulement une minute. »

L'infirmier décida que cela valait la peine de courir le risque ; après tout, la situation semblait redevenue normale.

« Je pense que tu... je pense que tu comptes beaucoup pour moi, dit Eduard à Veronika.

– Tu ne peux pas parler. Tu ne vis pas dans ce monde, tu ne sais pas que je m'appelle Veronika. Tu n'étais pas avec moi la nuit dernière, je t'en prie, dis que tu n'étais pas là !

– J'étais là. »

Elle lui prit la main. Les fous criaient, applaudissaient, lançaient des obscénités.

« Où t'emmènent-ils ?

– Ils vont me faire subir un traitement.

– Je t'accompagne.

– Inutile. Tu vas être effrayée, même si je t'affirme que cela ne fait pas souffrir, qu'on ne sent rien, et que c'est beaucoup mieux que les calmants parce que la lucidité revient plus vite. »

Veronika ignorait de quoi il parlait. Elle regrettait de lui avoir pris la main, elle aurait voulu partir le plus vite possible, cacher sa honte, ne plus jamais voir cet homme qui avait été témoin de ce qu'il y avait de plus sordide en elle et qui pourtant continuait à la traiter avec tendresse.

Mais elle se rappela les propos de Maria : elle n'avait d'explications à donner à personne, pas même au garçon qui se tenait devant elle.

« Je t'accompagne. »

Les infirmiers pensèrent que c'était peut-être mieux ainsi : le schizophrène n'avait plus besoin d'être maîtrisé, il les suivait de son plein gré.

Quand ils furent à l'infirmerie, Eduard s'allongea volontairement sur un lit. Deux autres hommes l'attendaient à côté d'une étrange machine et d'un sac contenant des bandes de toile.

Eduard se tourna vers Veronika et lui demanda de s'asseoir sur le lit voisin.

« Dans quelques minutes, l'histoire aura fait le tour de Villete et les gens se calmeront. Même la plus furieuse des folies comporte sa dose de crainte. Seul celui qui a connu cela sait que ce n'est pas si terrible. »

Les infirmiers écoutaient et ne croyaient pas les propos du schizophrène. Le traitement était sans doute très douloureux, mais nul ne peut comprendre ce qui se passe dans la tête d'un fou. La seule chose sensée que le garçon ait dite concernait la crainte : tout Villete serait effectivement au courant et la paix reviendrait rapidement.

« Tu t'es allongé trop tôt », remarqua l'un d'eux.

Eduard se releva et ils étendirent une sorte d'alèse en caoutchouc. « Maintenant, tu peux t'allonger. »

Il obéit. Il était calme, comme si tout cela n'était que routine.

Les infirmiers attachèrent quelques bandes de toile sur le corps d'Eduard et placèrent dans sa bouche un morceau de gomme.

« C'est pour qu'il ne se morde pas la langue », expliqua à Veronika l'un des hommes, satisfait de lui donner au passage une information technique autant qu'un avertissement.

Ils placèrent la machine sur une chaise à côté du lit. A peine plus grande qu'une boîte à chaussures, elle était munie de quelques boutons et de trois cadrans avec des aiguilles. Deux fils sortaient de dessous et se terminaient par des appareils semblables à des écouteurs.

L'un des infirmiers plaça les écouteurs sur les tempes d'Eduard. Un autre s'employa à régler le mécanisme en tournant des boutons, tantôt à droite, tantôt à gauche. Même s'il ne pouvait pas parler à cause de la gomme qu'il avait dans la bouche, Eduard gardait les yeux fixés sur ceux de la jeune fille et semblait dire : « Ne t'inquiète pas, n'aie pas peur. »

« C'est réglé pour cent trente volts en trois dixièmes de seconde, dit l'infirmier. On y va. »

Il appuya sur un bouton et la machine émit un bourdonnement. Au même moment, les yeux d'Eduard devinrent vitreux et son corps se tordit sur le lit avec une telle force que, sans les liens qui le maintenaient, sa colonne vertébrale se serait brisée.

« Arrêtez ! cria Veronika.

– C'est fini », dit l'infirmier en ôtant les écouteurs. Pourtant, le corps d'Eduard continuait de se tordre, et sa tête se balançait d'un côté à l'autre avec une telle violence qu'un des hommes dut la maintenir. L'autre rangea la machine dans une sacoche et s'assit pour fumer une cigarette.

La scène dura quelques minutes : le corps d'Eduard semblait s'apaiser, puis les spasmes recommençaient, tandis qu'un des infirmiers redoublait d'efforts pour maintenir fermement sa tête. Peu à peu, les contractions diminuèrent, jusqu'à cesser complètement. Eduard gardait les yeux ouverts, et l'un des hommes les ferma comme on fait avec les morts. Ensuite, il retira la gomme de la bouche du garçon, le détacha, et rangea les bandes de toile dans la sacoche.

« L'effet de l'électrochoc dure une heure, expliqua-t-il à la jeune fille qui ne criait plus et semblait hypnotisée par le spectacle auquel elle venait d'assister. Tout va bien, bientôt il redeviendra normal et sera plus calme. »

Dès que la décharge électrique l'avait atteint, Eduard avait éprouvé une sensation qu'il connaissait bien : la vision normale diminuait, comme si l'on fermait un rideau, puis tout disparaissait. Il n'y avait ni douleur, ni souffrance – mais il avait vu d'autres fous traités par électrochocs, et il savait que la scène paraissait horrible.

Il était maintenant en paix. Si, quelques instants auparavant, il avait reconnu les frémissements d'une émotion nouvelle dans son cœur, s'il commençait à deviner que l'amour pouvait être davantage que celui que lui donnaient ses parents, grâce à l'électrochoc – ou thérapie électroconvulsive (TEC), ainsi que préféraient l'appeler les spécialistes –, il retrouverait sans aucun doute son état normal.

Le principal effet de la TEC était de détruire les souvenirs récents. Eduard ne pouvait pas nourrir des rêves impossibles, ni regarder vers un avenir qui n'existait pas ; ses pensées devaient rester tournées vers le passé, sinon il finirait par désirer revenir à la vie.

Une heure plus tard, Zedka entra dans l'infirmerie quasi déserte, à l'exception d'un garçon couché sur un lit et d'une fille assise à son chevet. En s'approchant, elle constata que la fille avait encore vomi et qu'elle gardait la tête baissée, inclinée à droite.

Zedka se retourna pour appeler au secours, mais Veronika releva la tête.

« Ce n'est rien. J'ai eu une nouvelle crise, mais c'est passé. »

Zedka la prit gentiment par le bras et l'emmena aux toilettes.

« Ce sont des toilettes pour hommes, dit la jeune fille.

– Il n'y a personne ici, ne t'inquiète pas. »

Elle ôta le tricot souillé, le nettoya et le posa au-dessus du radiateur. Puis elle enleva sa chemise de laine et aida Veronika à l'enfiler.

« Garde-la, je suis venue vous dire adieu. »

La jeune fille paraissait distante, comme si plus rien ne l'intéressait. Zedka la reconduisit jusqu'à la chaise où elle était assise auparavant.

« Eduard va se réveiller d'ici peu. Il aura peut-être des difficultés à se rappeler ce qui s'est passé, mais la mémoire lui reviendra vite. Ne t'inquiète pas s'il ne te reconnaît pas immédiatement.

– Je ne m'inquiéterai pas, répondit Veronika. Je ne me reconnais même pas moi-même. »

Zedka tira une chaise et s'assit à côté d'elle. Elle était restée si longtemps à Villete qu'elle pouvait bien demeurer quelques minutes de plus avec cette jeune fille.

« Te souviens-tu de notre première rencontre ? Ce jour-là, je t'ai raconté une histoire afin de t'expliquer que le monde est exactement tel que nous le voyons. Tous croyaient le roi fou, parce qu'il voulait faire appliquer un ordre qui n'existait plus dans l'esprit de ses sujets. Pourtant, il existe des choses qui, de quelque côté qu'on les considère, sont toujours les mêmes et valent pour tout le monde. L'amour en est une. »

Zedka nota que le regard de Veronika avait changé. Elle poursuivit donc : « Je dirais que, si une femme qui n'en a plus pour longtemps décide de passer ce peu de temps devant un lit, à regarder un homme endormi, il y a de l'amour là-dedans. Je dirais plus encore : si, entre-temps, elle a eu une crise cardiaque et qu'elle est restée silencieuse, uniquement pour ne pas devoir s'éloigner de cet homme, c'est que cet amour peut encore grandir.

– Cela peut aussi être le désespoir, répliqua Veronika. Une tentative pour se prouver qu'en fin de compte il n'y a pas de raison de continuer à lutter sous le soleil. Je ne peux pas être amoureuse d'un homme qui vit dans un autre univers.

— Nous vivons tous dans notre propre univers. Mais si tu regardes le ciel étoilé, tu verras que tous ces univers se combinent et forment des systèmes solaires, des constellations, des galaxies. »

Veronika se leva et s'approcha d'Eduard. Tendrement, elle passa la main dans ses cheveux. Elle était heureuse d'avoir quelqu'un à qui parler.

« Il y a des années, quand j'étais une enfant et que ma mère m'obligeait à apprendre le piano, je me disais que je ne serais capable de bien jouer que lorsque je serais amoureuse. La nuit dernière, pour la première fois de ma vie, j'ai senti que les notes venaient sous mes doigts comme si je n'avais aucun contrôle sur ce que je faisais.

« Une force me guidait, agençait des mélodies et des accords que je n'aurais jamais cru pouvoir jouer. Je me suis abandonnée au piano comme je venais de m'abandonner à cet homme, sans qu'il ait touché un seul de mes cheveux. Hier, je n'étais plus la même, ni quand j'ai cédé à mon désir, ni quand j'ai joué du piano. Pourtant, je pense que j'étais pleinement moi-même. » Veronika secoua la tête. « Ce que je raconte n'a pas de sens. »

Zedka se souvint de ses rencontres, dans l'espace, avec tous ces êtres flottant dans d'autres dimensions. Elle voulut les raconter à Veronika, mais elle eut peur de la troubler encore davantage.

« Avant que tu ne répètes que tu vas mourir, je veux te dire quelque chose : il y a des gens qui passent leur existence entière à la recherche d'un moment comme celui que tu as connu la nuit dernière, et ils ne le trouvent pas. C'est pourquoi, si tu dois mourir maintenant, meurs le cœur plein d'amour. » Zedka se leva. « Tu n'as rien à perdre. Beaucoup ne se permettent pas d'aimer justement parce que bien des choses, de l'avenir et du passé, sont en jeu. Dans ton cas, seul existe le présent. »

Elle s'approcha de Veronika et lui donna un baiser.

« Si je reste ici plus longtemps, je finirai par renoncer à partir. Je suis guérie de ma dépression, mais j'ai découvert ici d'autres formes de folie. Je veux les emporter avec moi, et regarder la vie avec mes propres yeux.

« Quand je suis arrivée, j'étais déprimée. Aujourd'hui, je suis folle et j'en suis très fière. Dehors, je me comporterai exactement comme les autres. Je ferai les courses au supermarché, je parlerai de banalités avec mes amies, je perdrai un temps précieux devant la télévision. Mais je sais que mon âme est libre et que je peux rêver et communiquer avec d'autres univers dont je ne concevais même pas l'existence avant d'entrer ici.

« Je m'autoriserai quelques folies, seulement pour que les gens disent : " Elle sort de Villete ! " Mais je sais qu'il ne manquera rien à mon âme, car ma vie aura un sens. Je pourrai regarder un coucher de soleil et croire que Dieu en est l'auteur. Lorsque quelqu'un m'ennuiera, je dirai une énormité, et je me moquerai bien de ce que l'on pensera puisque tout le monde dira : " Elle sort de Villete ! "

« Dans la rue, je regarderai les hommes droit dans les yeux, et je n'aurai pas honte de me sentir désirée. Mais, peu après, j'irai acheter dans une boutique de produits importés les meilleurs vins que mes moyens me permettront de m'offrir, et je les boirai avec mon mari, parce que je veux rire avec lui que j'aime tant.

« Il me dira en riant : " Tu es folle ! " Et je répondrai : " Bien sûr, je suis allée à Villete ! La folie m'a libérée. Maintenant, mon mari adoré, tu dois prendre des vacances chaque année et me faire découvrir les dangers de la montagne car j'ai besoin de courir le risque d'être en vie. "

« Les gens diront : " Elle sort à peine de Villete, et déjà elle rend son mari fou ! " Et il comprendra qu'ils ont raison. Il rendra grâces à Dieu que notre mariage connaisse une nouvelle jeunesse, et que nous soyons fous, comme sont fous ceux qui ont inventé l'amour. »

Et Zedka sortit en fredonnant une chanson que Veronika n'avait jamais entendue.

Le Dr Igor avait eu une journée fatigante, mais il était récompensé. Bien qu'il voulût garder le flegme et l'indifférence d'un scientifique, il arrivait à peine à contenir son enthousiasme : les tests relatifs au traitement de l'empoisonnement par le Vitriol donnaient des résultats surprenants !

« Nous n'avons pas rendez-vous aujourd'hui, dit-il à Maria qui était entrée sans frapper à la porte.

– Je ne resterai pas longtemps. En réalité, j'aimerais seulement vous demander un avis. »

« Aujourd'hui, tout le monde vient me demander un simple avis », songea le Dr Igor en se rappelant la question de la jeune fille sur le sexe.

« Eduard vient de recevoir un électrochoc.

– Thérapie électroconvulsive; s'il vous plaît. employez les termes corrects, ou nous allons passer pour une bande de barbares. » Tout en dissimulant sa surprise, le Dr Igor se promit de chercher plus tard qui était l'auteur de cette initiative. « Et si vous voulez mon opinion sur le sujet, je dois préciser que la TEC n'est plus appliquée de nos jours comme elle l'était autrefois.

— Mais c'est dangereux.

— C'était *très* dangereux ; on ne connaissait pas le voltage adéquat ni le bon endroit où placer les électrodes, et nombre de patients sont morts d'hémorragie cérébrale au cours du traitement. Mais les choses ont changé : de nos jours, la TEC est de nouveau utilisée, avec une bien meilleure précision technique, et elle a l'avantage de provoquer une amnésie instantanée, ce qui permet d'éviter l'intoxication chimique due à l'usage prolongé de médicaments. Lisez quelques revues psychiatriques, et ne confondez pas la TEC et les chocs électriques des tortionnaires sud-américains. Bon. Je vous ai donné mon avis. Maintenant je dois me remettre au travail. »

Maria ne bougea pas.

« Ce n'est pas cela que je suis venue vous demander. En réalité, je veux savoir si je peux sortir d'ici.

— Vous sortez quand vous voulez, et vous revenez parce que vous le désirez, et parce que votre mari a encore assez d'argent pour que l'on vous garde dans un établissement aussi onéreux que celui-ci. Peut-être devriez-vous plutôt me demander : " Suis-je guérie ? " Je vous répondrais alors par une autre question : " Guérie de quoi ? " Vous allez me dire : " Guérie de ma peur, du syndrome de panique. " Et je vous répondrai : " Eh bien, Maria, il y a trois ans que vous n'en souffrez plus. "

– Alors je suis guérie.

– Bien sûr que non. Votre maladie n'est pas celle-là. Dans la thèse que je rédige pour la présenter à l'Académie des sciences de Slovénie (le Dr Igor ne voulait pas entrer dans les détails sur le Vitriol), j'étudie le comportement humain dit " normal ". De nombreux médecins avant moi ont mené cette recherche et sont arrivés à la conclusion que la normalité n'est qu'une question de consensus. Autrement dit, si la plupart des gens pensent qu'une chose est juste, elle devient juste.

« Certaines choses sont gouvernées par le plus élémentaire bon sens : placer les boutons sur le devant de la chemise est une question de logique, car il serait très difficile de les boutonner de côté, et carrément impossible s'ils étaient dans le dos.

« Mais d'autres choses s'imposent parce que le plus grand nombre estime qu'elles doivent être ainsi. Je vous donnerai deux exemples : vous êtes-vous déjà demandé pourquoi les lettres d'un clavier de machine à écrire étaient placées dans cet ordre ?

– Je ne me suis jamais posé la question.

– Nous appelons ce clavier AZERTY, puisque les premières lettres de la première ligne sont disposées ainsi. La première machine fut inventée par Christopher Sholes, en 1873, pour améliorer la calligraphie, mais elle présentait un problème : si la personne dactylographiait très vite, les caractères s'entrechoquaient et enrayaient le mécanisme. Alors Sholes dessina le clavier AZERTY, *un clavier qui obligeait les dactylographes à aller lentement.*

– Je ne le crois pas.

– C'est pourtant vrai. Il se trouve que Remington, qui à l'époque fabriquait des machines à coudre, utilisa le clavier AZERTY pour ses premières machines à écrire. Ce qui signifie qu'un nombre croissant de gens fut obligé d'apprendre ce système, et que de plus en plus d'usines fabriquèrent ce clavier, jusqu'à ce qu'il devienne le seul modèle existant. Je le répète : le clavier des machines et des ordinateurs a été conçu pour que les doigts frappent plus lentement, et non plus vite, comprenez-vous ? Essayez de changer les lettres de place, et vous ne trouverez pas un seul acheteur pour votre produit. »

La première fois qu'elle avait vu un clavier, Maria s'était demandé pourquoi les lettres n'y figuraient pas par ordre alphabétique. Puis elle n'y avait plus songé, croyant que c'était la meilleure configuration pour taper rapidement.

« Connaissez-vous Florence ? demanda le Dr Igor

— Non

— Vous devriez, ce n'est pas loin, et voici mon second exemple. Il y a dans la cathédrale de Florence une très belle horloge dessinée par Paolo Uccello en 1443. Il se trouve que cette horloge présente une curiosité : bien qu'elle marque les heures, comme toutes les autres, ses aiguilles vont dans le sens inverse de celui auquel nous sommes habitués.

— Quel rapport avec ma maladie ?

— J'y viens. En créant cette horloge, Paolo Uccello n'a pas cherché à être original : en réalité, à cette époque il existait quelques horloges de ce type, ainsi que d'autres dont les aiguilles allaient dans le sens que nous connaissons aujourd'hui. Pour une raison inconnue, peut-être parce que le duc de Florence possédait une horloge dont les aiguilles allaient dans le sens que nous appelons aujourd'hui le " bon " sens, celui-ci finit par s'imposer comme unique, et l'horloge d'Uccello devint une aberration, une folie. »

Le Dr Igor fit une pause. Mais il savait que Maria suivait son raisonnement.

« A présent, venons-en à votre maladie : chaque être humain est unique, il a ses propres qualités, ses instincts, ses formes de plaisir, sa quête de l'aventure. Cependant la société impose une manière d'agir collective, et les gens ne cessent de se demander pourquoi ils doivent se comporter ainsi. Ils l'acceptent, comme les dactylographes ont accepté le fait que l'AZERTY fût le meilleur clavier possible. Avez-vous jamais rencontré quelqu'un qui se soit demandé pourquoi les aiguilles d'une horloge tournent dans un sens, et non dans le sens contraire ?

– Non.

– Si quelqu'un le faisait, il s'entendrait probablement répondre : " Tu es fou ! " S'il insistait, les gens s'efforceraient de trouver une raison, mais bientôt ils changeraient de sujet, parce qu'il n'y a pas d'autre explication que celle que je vous ai donnée. Alors, je reviens à votre question. Répétez-la.

– Suis-je guérie ?

– Non. Vous êtes une personne différente qui veut ressembler aux autres. Et cela, de mon point de vue, est considéré comme une maladie grave.

– C'est grave d'être différent ?

– C'est grave de s'obliger à ressembler à tout le monde : cela provoque des névroses, des psychoses, des paranoïas. C'est grave parce que c'est forcer la nature et aller à l'encontre des lois de Dieu, qui, dans tous les bois et toutes les forêts du monde, n'a pas créé une seule feuille identique à une autre. Mais vous, vous pensez que c'est une folie d'être différente, et c'est pourquoi vous avez choisi de vivre à Villete : ici, comme tous sont différents, vous devenez semblable à tout le monde. Avez-vous compris ? »

Maria acquiesça d'un hochement de tête.

« Parce qu'ils n'ont pas le courage d'être différents, les gens vont à l'encontre de la nature, et leur organisme se met à produire le Vitriol – ou l'Amertume, comme on appelle vulgairement ce poison.

– Qu'est-ce que le Vitriol ? »

Le Dr Igor comprit qu'il s'était emporté, et il préféra changer de sujet.

« Peu importe ce qu'est le Vitriol. Ce que je veux dire, c'est que tout porte à croire que vous n'êtes pas guérie. »

Maria avait des années d'expérience dans les tribunaux ; elle décida de la mettre en pratique sur-le-champ. La première tactique consistait à feindre d'être d'accord avec son adversaire pour mieux le piéger ensuite lors d'un autre raisonnement.

« Je suis d'accord avec vous. Je suis venue ici pour une raison très concrète, le syndrome de panique, et je suis finalement restée pour un motif très abstrait, l'incapacité d'envisager une autre existence, sans emploi et sans mari. C'est vrai : j'avais perdu l'envie de refaire ma vie, une vie à laquelle j'aurais dû m'accoutumer de nouveau. Et j'irai plus loin : j'admets que dans un hospice, malgré les électrochocs – pardon, la TEC, comme vous préférez l'appeler –, les horaires, les crises d'hystérie de certains malades, les règles sont plus faciles à supporter que les lois d'un monde qui, comme vous le dites, *fait tout pour que tout se ressemble.*

« Il se trouve que, la nuit dernière, j'ai entendu une femme jouer du piano. Son interprétation était magistrale, comme j'en ai rarement entendu. Pendant que j'écoutais la musique, je pensais à tous ceux qui ont souffert pour composer ces sonates, ces préludes, ces adagios. Comme ils ont dû paraître insensés quand ils ont révélé leurs morceaux – tous uniques – à ceux qui tenaient le monde musical sous leur coupe ! Je songeais aux difficultés rencontrées et à l'humiliation subie avant de trouver quelqu'un qui finançât un orchestre, aux huées d'un public qui n'était pas encore habitué à de telles harmonies.

« Pis que tout cela, je pensais : " Non seulement les compositeurs ont souffert, mais cette
fille les interprète de toute son âme parce qu'elle
sait qu'elle va mourir. Et moi, ne vais-je pas
mourir aussi ? Où ai-je laissé mon âme, si je veux
pouvoir interpréter la musique de mon existence
avec le même enthousiasme ? " »

Le Dr Igor écoutait en silence. Il lui semblait
que toutes ses réflexions parvenaient à un résultat, mais il était encore trop tôt pour en avoir la
certitude.

« Où ai-je laissé mon âme ? répéta Maria.
Quelque part dans mon passé. Dans ce que je
voulais que fût ma vie. J'ai laissé mon âme pri-
sonnière de ce moment où j'avais une maison, un
mari, un emploi dont je voulais me libérer sans
jamais en avoir eu le courage.

« Mon âme était dans mon passé, mais aujour-
d'hui elle est ici, et je la sens de nouveau dans
mon corps, pleine d'enthousiasme. Je ne sais pas
quoi faire ; je sais seulement qu'il m'a fallu trois
ans pour comprendre que l'existence me pous-
sait vers un chemin différent, et que je ne voulais
pas le prendre.

— Je constate certains symptômes d'amélioration, remarqua le Dr Igor.

— Je n'avais pas besoin de demander à quitter
Villete. Il me suffisait de franchir la porte et de

ne plus jamais revenir. Mais je devais dire tout cela à quelqu'un, et c'est à vous que je le confie : la mort de cette fille m'aide à comprendre ma vie.

– Je pense que ces symptômes d'amélioration se transforment en guérison miraculeuse, poursuivit en riant le Dr Igor. Qu'avez-vous l'intention de faire ?

– Aller au Salvador m'occuper des enfants.

– Vous n'avez pas besoin d'aller si loin : Sarajevo se trouve à moins de deux cents kilomètres d'ici. La guerre est finie, mais les problèmes subsistent.

– J'irai à Sarajevo. »

Le Dr Igor prit un formulaire dans son tiroir et le remplit soigneusement. Puis il se leva et raccompagna Maria jusqu'à la porte.

« Bonne chance », dit-il. Puis il ferma aussitôt la porte et retourna s'asseoir à son bureau. Il n'aimait pas s'attacher à ses patients, mais il ne pouvait pas s'en empêcher. On allait regretter Maria à Villete.

Lorsque Eduard rouvrit les yeux, la jeune fille était encore là. Lors de ses premières séances d'électrochocs, il avait passé un long moment à tâcher de se rappeler les événements. Après tout, c'était précisément l'effet thérapeutique de ce traitement : provoquer une amnésie partielle, de sorte que le malade oublie le problème qui l'affligeait et puisse enfin se calmer. Cependant, plus les électrochocs étaient appliqués fréquemment, moins leur effet se faisait sentir longtemps. Il reconnut aussitôt la jeune fille.

« Pendant que tu dormais, tu as parlé des visions du Paradis », dit-elle en lui passant la main dans les cheveux.

Les visions du Paradis ? Oui, les visions du Paradis. Eduard la regarda. Il voulait tout lui raconter.

A ce moment précis une infirmière entra avec une seringue.

« Je dois te faire cette injection maintenant, dit-elle à Veronika. Ordre du Dr Igor.

— On m'en a déjà fait une aujourd'hui, je n'en veux pas. Je n'ai plus aucune envie de sortir d'ici. Je n'obéirai à aucun ordre, à aucune règle, on ne me forcera à rien. »

L'infirmière semblait habituée à ce genre de réaction.

« Alors, malheureusement, nous devrons te l'administrer de force.

— Il faut que je te parle, intervint Eduard. Accepte la piqûre. »

Veronika releva la manche de son pull et l'infirmière injecta la drogue.

« Bonne petite, dit-elle. Pourquoi ne sortez-vous pas de cette infirmerie lugubre et n'allez-vous pas vous promener un peu dehors ? »

« Tu as honte de ce qui s'est passé la nuit dernière, dit Eduard, tandis qu'ils marchaient dans le parc.

— J'en ai eu honte. Maintenant j'en suis fière. Je veux savoir ce que sont les visions du Paradis, parce que j'ai été très près d'en avoir une moi-même.

— Je dois regarder plus loin, au-delà des bâtiments de Villete.

— Alors fais-le. »

Eduard regarda derrière lui, non pas en direction des murs de l'infirmerie, ni vers le parc où les malades marchaient en silence, mais vers une rue, sur un autre continent, en un pays où la sécheresse alternait avec des pluies torrentielles.

Eduard pouvait sentir l'odeur de cette terre. C'était la saison sèche et la poussière lui entrait par le nez. Cette sensation lui plaisait car sentir la terre, c'est se sentir vivant. Il pédalait sur une bicyclette importée, il avait dix-sept ans, et il venait de sortir du collège américain de Brasilia où il étudiait comme tous les enfants de diplomates.

Il détestait Brasilia, mais il aimait les Brésiliens. Son père avait été nommé ambassadeur de Yougoslavie deux ans auparavant, à une époque où l'on était loin d'imaginer la sanglante division du pays Milosevic était au pouvoir; hommes et femmes vivaient avec leurs différences dans une relative harmonie malgré les conflits regionaux.

Le Brésil avait été précisément le premier poste de son père. Il rêvait de plages, de carnaval, de parties de football, de musique, mais il s'était retrouvé dans cette capitale éloignée de la côte, créée uniquement pour abriter des politiciens, des bureaucrates, des diplomates, et les enfants désœuvrés de tous ces gens.

Eduard détestait vivre dans cette ville. Il passait la journée enfermé dans ses études, essayant sans y parvenir de se faire des relations parmi ses camarades de classe, cherchant sans le trouver un moyen de s'intéresser aux voitures, aux chaussures de tennis dernier cri, aux vêtements de marque, seuls sujets de conversation parmi ces jeunes.

De temps à autre, il y avait une fête au cours de laquelle les garçons se saoulaient d'un côté du salon tandis que les filles feignaient l'indifférence, de l'autre. La drogue circulait en abondance et Eduard avait tâté pratiquement de toutes les variétés, sans jamais se passionner vraiment pour aucune. Il était excessivement agité ou somnolent, et il perdait tout intérêt pour ce qui se passait autour de lui.

Sa famille se faisait du souci. Il fallait le préparer à marcher sur les traces de son père, et bien qu'il eût presque tous les talents nécessaires – l'envie d'étudier, un bon goût artistique, de la facilité pour les langues, de l'intérêt pour la politique –, il lui manquait une qualité fondamentale pour embrasser la carrière diplomatique : il avait des difficultés à communiquer avec autrui.

Ses parents avaient beau l'emmener à des réceptions, ouvrir leur maison à ses camarades du collège américain et lui assurer une confortable somme d'argent de poche, il était rare de voir Eduard en compagnie. Un jour, sa mère lui demanda pourquoi il n'invitait pas ses amis à déjeuner ou à dîner.

« Je connais déjà toutes les marques de chaussures de tennis, le nom de toutes les filles avec lesquelles il est facile de coucher. Nous n'avons plus rien d'intéressant à nous dire. »

Et puis, un jour, apparut la Brésilienne. Quand leur fils se mit à sortir et à rentrer tard, l'ambassadeur et sa femme se sentirent rassurés bien que personne ne sût exactement d'où venait la jeune fille. Un soir, Eduard l'invita à dîner à la maison. Elle était bien élevée, et ils furent ravis ; le gamin allait enfin apprendre à communiquer avec les étrangers ! En outre, même s'ils n'en parlaient pas entre eux, les parents d'Eduard se disaient tous deux que la présence de cette petite les soulageait d'une vive angoisse : leur fils n'était pas homosexuel !

Ils traitèrent Mari (c'était son nom) avec la gentillesse de futurs beaux-parents, même s'ils savaient que, deux ans plus tard, ils seraient mutés ailleurs et n'avaient pas la moindre intention que leur fils épousât une jeune fille originaire d'un pays aussi exotique. Ils forgeaient pour lui d'autres projets et espéraient qu'il rencontrerait, en France ou en Allemagne, une fille de bonne famille, qui se révélerait une digne compagne pour la brillante carrière diplomatique que l'ambassadeur lui préparait.

Mais Eduard était manifestement de plus en plus amoureux. Inquiète, la mère eut une conversation avec son mari.

« L'art de la diplomatie consiste à mettre à l'épreuve la patience de l'adversaire, lui dit l'ambassadeur. Un premier amour peut être inoubliable, mais il prend toujours fin. »

Toutefois, Eduard donnait l'impression d'avoir profondément changé. Il rapportait à la maison des livres bizarres, il installa une pyramide dans sa chambre et, chaque nuit, en compagnie de Mari, il faisait brûler de l'encens et restait des heures concentré sur un étrange dessin accroché au mur. Ses résultats au collège américain commencèrent à s'en ressentir.

Bien qu'elle ne comprît pas le portugais, la mère voyait bien les couvertures de livres représentant des croix, des bûchers, des sorcières pendues, des symboles cabalistiques.

« Notre fils a des lectures dangereuses, disait-elle.

– Ce qui est dangereux, c'est ce qui se passe dans les Balkans, lui rétorquait l'ambassadeur. Selon certaines rumeurs, la Slovénie réclame son indépendance, et cela peut nous conduire à la guerre. »

La mère d'Eduard n'accordait pas la moindre importance à la politique ; en revanche, elle voulait comprendre ce qui arrivait à son fils.

« Et cette manie de faire brûler de l'encens ?

– C'est pour masquer l'odeur de marijuana, répondait l'ambassadeur. Notre fils a reçu une excellente éducation, il ne peut tout de même pas croire que ces bâtonnets parfumés ont le pouvoir d'attirer les esprits.

– Mon fils se drogue !

– Ça lui passera. Moi aussi, j'ai fumé de la marijuana quand j'étais jeune, il en sera vite dégoûté, comme j'en ai été dégoûté. »

La femme se sentit fière et rassurée : son mari était un homme d'expérience, il était entré dans l'univers de la drogue et il était parvenu à en sortir ! Un homme doté d'une telle force de volonté était capable de contrôler toutes les situations.

Un beau jour, Eduard réclama une bicyclette.

« Tu as un chauffeur et une Mercedes Benz à ta disposition. Pourquoi vouloir une bicyclette ?

– Pour le contact avec la nature. Mari et moi allons faire un voyage de dix jours. Non loin d'ici se trouvent d'immenses gisements de cristaux, et Mari affirme qu'ils transmettent une bonne énergie. »

La mère et le père d'Eduard avaient été éduqués sous le régime communiste : pour eux, le cristal n'était qu'un minéral obéissant à une organisation déterminée d'atomes, et d'où n'émanait aucune espèce d'énergie, qu'elle fût positive ou négative. Ils se renseignèrent et découvrirent que ces histoires de « vibrations de cristaux » commençaient à être à la mode. Si jamais leur fils s'avisait d'aborder ce sujet au cours d'une réception officielle, l'ambassadeur risquait de perdre la face. Pour la première fois, celui-ci reconnut que la situation devenait grave. Brasilia était une ville bruissante de rumeurs, l'on ne tarderait pas à apprendre qu'Eduard s'intéressait à des superstitions primitives. Ses rivaux à l'ambassade penseraient qu'il tenait cela de ses parents. Or la diplomatie – en plus d'être un art de l'attente – reposait sur la faculté de garder, en toutes circonstances, une façade conventionnelle et protocolaire.

« Mon garçon, cela ne peut pas durer ! s'exclama l'ambassadeur. J'ai des amis au ministère yougoslave des Relations extérieures. Tu as une brillante carrière diplomatique devant toi mais tu dois apprendre à regarder la réalité en face. »

Ce soir-là, Eduard ne rentra pas à la maison. Ses parents téléphonèrent chez Mari, dans les morgues et les hôpitaux de la capitale, sans résultat. La mère perdit confiance dans la capacité de son mari à comprendre sa propre famille, bien qu'il fût un excellent négociateur avec les étrangers.

Eduard rentra le lendemain, affamé et somnolent. Il mangea et gagna sa chambre, fit brûler de l'encens, récita des mantras, dormit le reste de l'après-midi et toute la nuit suivante. A son réveil, une bicyclette neuve l'attendait.

« Va donc voir tes cristaux, lui dit sa mère. J'expliquerai à ton père. »

Et ainsi, en cet après-midi de sécheresse poussiéreuse, Eduard se rendit tout joyeux chez Mari. La ville était si bien (de l'avis de ses architectes) ou si mal (de l'avis d'Eduard) dessinée qu'il n'y avait quasiment aucun carrefour. Il roulait à droite, sur une piste à grande vitesse, tout en regardant l'azur traversé de nuages qui ne donnent pas de pluie, lorsqu'il sentit qu'il s'élevait dans le ciel à une vitesse considérable, puis retombait et atterrissait sur l'asphalte. Plof !

« J'ai eu un accident. »

Il voulut se retourner, car son visage était plaqué contre le sol, mais il comprit qu'il ne contrôlait plus son corps. Il entendit les coups de frein des voitures, les cris effrayés des gens, quelqu'un s'approcha et tenta de le toucher, puis aussitôt un hurlement : « Ne le bougez pas ! Si on le bouge, il peut rester paralysé pour le reste de sa vie ! »

Les secondes passaient lentement, et Eduard prit peur. Contrairement à ses parents, il croyait en Dieu et en une vie au-delà de la mort. Pourtant, il trouvait injuste de mourir à dix-sept ans, le regard rivé à l'asphalte, dans un pays qui n'était pas le sien.

« Tu te sens bien ? » demanda une voix.

Non, il ne se sentait pas bien, il ne parvenait pas à bouger et ne pouvait rien dire non plus. Le pire était qu'il ne perdait pas conscience, il savait exactement ce qui se passait, et dans quel état il se trouvait. N'allait-il pas s'évanouir ? Dieu n'avait-il pas pitié de lui, justement en un moment où il Le cherchait si intensément, envers et contre tous ?

« Les secours ne vont pas tarder à arriver, murmura une autre personne en prenant sa main. Je ne sais pas si tu peux m'entendre, mais reste calme. Tu n'as rien de grave. »

Oui, il pouvait entendre. Il aurait aimé que cette personne – un homme – continuât de parler, de lui assurer qu'il n'avait rien de grave, même s'il était suffisamment adulte pour comprendre que l'on parle toujours ainsi lorsque la situation est très sérieuse. Il pensa à Mari, à la région des montagnes de cristaux emplies d'énergie positive, alors que Brasilia était la plus forte concentration de négativité qu'il ait connue au cours de ses méditations.

Les secondes devinrent des minutes, les gens s'efforçaient de le consoler et, pour la première fois depuis que c'était arrivé, il commença à ressentir une douleur. Une douleur aiguë, qui provenait du centre de sa tête et semblait se répandre dans tout son corps.

« Ils viennent d'arriver, dit l'homme qui lui tenait la main. Demain, tu remonteras sur ta bicyclette. »

Mais, le lendemain, Eduard était hospitalisé, les deux jambes et un bras dans le plâtre, immobilisé pour un bon mois, obligé d'écouter sa mère qui ne cessait de pleurer, son père qui passait des coups de fil anxieux, les médecins qui répétaient toutes les cinq minutes que les vingt-quatre heures les plus préoccupantes étaient derrière eux et qu'il n'y aurait aucune lésion cérébrale.

Sa famille contacta l'ambassade des Etats-Unis, qui n'accordait jamais foi aux diagnostics des hôpitaux publics et disposait d'un service d'urgence très sophistiqué ainsi que d'une liste de praticiens brésiliens habilités à soigner les diplomates américains. De temps à autre, menant une politique de bon voisinage, elle faisait appel à eux pour d'autres représentations diplomatiques.

Les Américains apportèrent leurs appareils de dernière génération, pratiquèrent dix fois plus de tests et d'examens, et parvinrent à la conclusion habituelle : les médecins de l'hôpital public avaient fait une évaluation correcte de ses blessures et pris les décisions adéquates.

Si les médecins de l'hôpital public étaient de bons médecins, les programmes de télévision étaient aussi médiocres au Brésil que n'importe où dans le monde, et Eduard n'avait pas grand-chose à faire. Mari lui rendait visite de moins en moins souvent à l'hôpital – peut-être avait-elle rencontré un autre garçon pour l'accompagner jusqu'aux montagnes de cristaux.

L'ambassadeur et son épouse venaient le voir quotidiennement, ce qui contrastait avec le surprenant comportement de sa petite amie, mais ils refusaient de lui apporter ses ouvrages en portugais, alléguant que bientôt ils seraient mutés et qu'il n'était pas nécessaire d'apprendre une langue dont il n'aurait plus jamais besoin. Eduard se contentait donc de bavarder avec les autres malades, de discuter football avec les infirmiers et de lire toute revue qui tombait entre ses mains.

Puis, un jour, un infirmier lui apporta un livre qu'on venait de lui offrir, mais qu'il trouvait « trop gros pour être lu ». Et c'est alors que la vie d'Eduard s'engagea dans une étrange voie, une voie qui le conduirait à se détacher de la réalité, à s'éloigner dans les années à venir du parcours des garçons de son âge, et se terminerait à Villete.

Le livre traitait des visionnaires qui ont ébranlé le monde – des êtres qui avaient leur propre idée du Paradis terrestre et avaient consacré leur vie à la partager avec autrui. Il était question de Jésus-Christ, mais aussi de Darwin, avec sa théorie selon laquelle l'homme descendait du singe ; de Freud, affirmant l'importance des rêves ; de Colomb, engageant les bijoux de la reine pour partir à la recherche d'un nouveau continent ; de Marx, pour qui tout le monde méritait d'avoir les mêmes chances.

On y trouvait aussi des saints. Ignace de Loyola, un gentilhomme basque qui avait dormi avec d'innombrables femmes et tué quantité d'ennemis dans de nombreuses batailles, jusqu'au jour où, blessé à Pampelune, il avait compris l'univers depuis son lit de convales cence. Thérèse d'Avila, qui voulait trouver le chemin de Dieu par tous les moyens et y parvint involontairement, un beau jour, alors qu'elle était abîmée dans la contemplation d'un tableau. Antoine, un homme fatigué de l'existence qu'il menait, qui décida de s'exiler au désert et vécut pendant dix ans entouré de démons, éprouvant toutes sortes de tentations. François d'Assise, un garçon comme lui, bien décidé à parler aux oiseaux et à renoncer à la vie que ses parents avaient projetée pour lui.

N'ayant rien de mieux pour se distraire, Eduard entreprit l'après-midi même la lecture de ce « gros livre ». Au milieu de la nuit, une infirmière entra et lui demanda s'il avait besoin d'aide, puisque sa chambre était la seule où la lumière était encore allumée. Il la remercia d'un geste de la main, sans détourner les yeux de sa lecture.

Les hommes et les femmes qui ont ébranlé le monde. C'étaient des gens ordinaires, comme lui, comme son père ou la petite amie qu'il savait être en train de perdre. Tous étaient pleins de doutes et d'inquiétudes pareils à ceux que tous les êtres humains éprouvent dans leur routine quotidienne. Des individus qui ne ressentaient pas d'intérêt particulier pour la religion, Dieu, l'élévation spirituelle ou un niveau accru de conscience, jusqu'à ce qu'un jour – eh bien, un jour, ils avaient décidé de tout changer. Le livre était surtout captivant parce qu'il racontait que, dans la vie de chacun de ces personnages, il y avait un moment magique qui les avait poussés à rechercher leur propre vision du Paradis.

C'étaient des gens dont l'existence était loin d'avoir été vide et qui, pour obtenir ce qu'ils voulaient, avaient demandé l'aumône ou courtisé des rois, enfreint des codes ou affronté la colère des puissants, usé de la diplomatie ou de la force, mais jamais n'avaient renoncé, car ils avaient su tirer parti de toutes les difficultés qui se présentaient.

Le lendemain, Eduard remit sa montre en or à l'infirmier qui lui avait donné le livre en lui demandant de la vendre pour acheter tous les ouvrages traitant du même sujet. Il n'y en avait pas d'autre. Il tenta de lire certaines biographies, mais on y décrivait toujours le personnage comme un élu, un inspiré, et non comme un être ordinaire obligé de lutter comme n'importe qui pour affirmer ses idées.

Eduard était tellement impressionné par sa lecture qu'il envisagea sérieusement la possibilité de devenir un saint en profitant de l'accident pour donner à sa vie une nouvelle direction. Mais il avait les jambes cassées, il n'avait eu à l'hôpital aucune vision, il n'était pas passé devant un tableau dont la vue aurait ébranlé son âme, il n'avait pas d'amis capables de construire une chapelle dans l'intérieur du plateau brésilien, et les déserts, fort loin d'ici, grouillaient de problèmes politiques. Néanmoins, il pouvait faire quelque chose : apprendre la peinture et s'efforcer de montrer au monde les visions qu'avaient eues ces hommes et ces femmes.

Quand on lui retira son plâtre et qu'il rentra à l'ambassade, entouré des soins, des cadeaux et de toute l'attention dont un fils d'ambassadeur peut faire l'objet de la part des autres diplomates, il demanda à sa mère de l'inscrire dans un cours de peinture.

Elle lui fit remarquer qu'il avait déjà manqué un grand nombre de cours au collège américain et qu'il lui fallait rattraper le temps perdu. Eduard refusa : il n'avait pas la moindre envie de continuer à apprendre la géographie et les sciences. Il voulait devenir peintre. Dans un moment de distraction, il en donna même la raison : « Je dois peindre les visions du Paradis. »

Sa mère ne dit mot et promit de se renseigner auprès de ses amies pour savoir quel était le meilleur cours de peinture de la ville.

Ce soir-là, en rentrant de son travail, l'ambassadeur la trouva en pleurs dans sa chambre.

« Notre fils est fou, dit-elle au milieu de ses larmes. L'accident a atteint son cerveau.

– Impossible ! répliqua l'ambassadeur, indigné. Les médecins recommandés par les Américains l'ont examiné. »

Sa femme lui raconta ce qu'elle avait entendu.

« C'est une révolte de jeunesse. Attends, et tu verras que tout redeviendra normal. »

Cette fois-ci, l'attente n'eut aucun résultat bénéfique, car Eduard était pressé de commencer à vivre. Deux jours plus tard, lassé d'espérer une réponse des amies de sa mère, il alla lui-même s'inscrire dans un cours de peinture. Il apprit l'échelle des couleurs et la perspective ; il fit aussi la connaissance de gens qui ne parlaient jamais de marques de chaussures de tennis ou de modèles de voitures.

« Il fréquente des artistes ! disait en pleurant sa mère à l'ambassadeur.

– Laisse cet enfant tranquille, rétorquait ce dernier. Il se lassera vite, comme il s'est lassé de sa petite amie, des cristaux, des pyramides, de l'encens et de la marijuana. »

Mais le temps passait, la chambre d'Eduard se transformait en atelier improvisé, rempli de tableaux qui, pour ses parents, n'avaient pas le moindre sens : c'étaient des cercles, des combinaisons ésotériques de couleurs, des symboles primitifs mêlés à des personnages en position de prière.

Eduard, le garçon solitaire qui, en deux ans, n'avait jamais ramené d'amis à la maison, la remplissait maintenant d'êtres bizarres, hirsutes et mal habillés, qui écoutaient des disques affreux à plein volume, buvaient et fumaient à l'excès, et faisaient preuve d'une totale ignorance des bonnes manières. Un jour, la directrice du collège américain convoqua l'ambassadrice.

« Votre fils doit se droguer, lui déclara-t-elle. Son niveau scolaire est nettement au-dessous de la moyenne et, s'il continue comme cela, nous ne pourrons pas renouveler son inscription. »

La mère d'Eduard se rendit aussitôt au bureau de l'ambassadeur afin de lui rapporter ces propos.

« Tu répètes sans cesse qu'avec le temps tout redeviendra normal ! s'écria-t-elle, hystérique. Ton fils est drogué, fou, il a un problème cérébral gravissime, et toi, tu te préoccupes de cocktails et de réunions mondaines !

— Parle plus bas.

— Je ne parlerai pas plus bas, plus jamais de la vie tant que tu ne prendras pas une décision ! Cet enfant a besoin d'aide, comprends-tu ? D'une aide médicale ! Fais quelque chose. »

Craignant que cet éclat ne lui causât du tort auprès des fonctionnaires de son équipe et soupçonnant que l'intérêt d'Eduard pour la peinture durerait plus longtemps qu'il ne l'avait d'abord pensé, l'ambassadeur – un homme pragmatique, qui connaissait parfaitement la marche à suivre dans tous les cas de figure – élabora un plan.

D'abord, il téléphona à l'ambassadeur des Etats-Unis et lui demanda l'autorisation de recourir de nouveau aux services médicaux de l'ambassade. Sa requête fut acceptée. Il s'adressa donc aux médecins accrédités, leur expliqua la situation et sollicita une révision de tous les examens qui avaient été effectués auparavant.

Redoutant que l'affaire ne se termine par un procès, les médecins firent exactement ce qui leur était demandé et conclurent que ces recherches ne révélaient rien d'anormal. Avant que l'ambassadeur ne partît, ils lui firent signer un document dans lequel il déclarait dégager l'ambassade des Etats-Unis de la responsabilité d'avoir indiqué leurs noms.

Puis l'ambassadeur se rendit à l'hôpital où Eduard avait été admis, il alla trouver le directeur, lui expliqua le problème et lui demanda qu'on fasse à son fils, sous prétexte d'un check-up de routine, une analyse de sang afin de dépister la présence de drogues dans son organisme.

Ainsi fut fait. Et l'on ne trouva aucune trace de drogue.

Restait la troisième et dernière étape de son plan : parler avec Eduard lui-même pour apprendre ce qui se passait. C'est seulement en possession de toutes ces informations qu'il pourrait prendre la décision adéquate.

Le père et le fils s'assirent au salon.

« Ta mère est très inquiète, commença l'ambassadeur. Tes notes ont baissé et ton inscription risque de ne pas être renouvelée.

– Mes notes en peinture sont meilleures, père.

– Ton intérêt pour l'art me fait plaisir, mais tu as la vie devant toi pour cela. Pour le moment, tu dois terminer tes études secondaires afin que je puisse te faire entrer dans la carrière diplomatique. »

Eduard réfléchit longuement avant de dire quoi que ce soit. Il revit l'accident, l'ouvrage sur les visionnaires – finalement, un simple prétexte pour qu'il trouve sa véritable vocation –, il pensa à Mari dont il n'avait plus jamais eu de nouvelles. Il hésita longtemps et répondit enfin : « Papa, je ne veux pas être diplomate. Je veux être peintre. »

Son père s'attendait à cette réponse, et il savait comment contourner l'écueil.

« Tu seras peintre, mais tu dois d'abord terminer tes études. Nous organiserons des expositions à Belgrade, Zagreb, Ljubljana, Sarajevo. Avec l'influence dont je dispose, je peux t'aider énormément, mais il faut que tu termines d'abord tes études.

– Si je fais cela, papa, je choisirai la voie la plus facile. J'entrerai dans n'importe quelle faculté, j'étudierai une matière sans intérêt pour moi, mais qui me permettra de gagner de l'argent. Alors la peinture passera au second plan et je finirai par oublier ma vocation. Je dois apprendre à gagner ma vie grâce à la peinture. »

L'ambassadeur était exaspéré.

« Tu as tout, mon garçon : une famille qui t'aime, une maison, de l'argent, une position sociale. Mais, tu sais, notre pays connaît une période de troubles, il y a des rumeurs de guerre civile ; il se peut que demain je ne sois plus là pour t'aider.

– Je me débrouillerai tout seul, père. Aie confiance en moi. Un jour, je peindrai une série intitulée *Les Visions du Paradis*. Ce sera l'histoire visuelle des expériences que les hommes et les femmes n'ont vécues que dans leur cœur. »

L'ambassadeur admira la détermination de son fils, mit fin d'un sourire à la conversation, et décida de lui accorder un mois supplémentaire. Après tout, la diplomatie est aussi l'art de reporter les décisions jusqu'à ce que les problèmes se résolvent d'eux-mêmes.

Un mois passa, et Eduard continua à consacrer tout son temps à la peinture, à ses amis extravagants, à cette musique conçue pour provoquer un certain déséquilibre psychologique. Pis encore, il avait été expulsé du collège américain pour avoir osé contredire une enseignante à propos de l'existence des saints

Puisqu'il n'était plus question de reporter sa décision, l'ambassadeur fit une dernière tentative et invita son fils à discuter avec lui d'homme à homme.

« Eduard, tu es désormais en âge de gouverner ton existence. Nous avons supporté ta conduite tant que c'était possible, mais il est temps d'en finir avec cette absurde vocation de peintre et de donner une direction à ta carrière.

— Mais, père, être peintre, c'est donner une direction à ma carrière.

— Que fais-tu de l'amour que nous te portons, des efforts que nous avons déployés pour te donner une bonne éducation ? Comme cela ne s'est jamais produit auparavant, j'attribue ton comportement aux conséquences de ton accident.

— Ecoute, je vous aime plus que tout au monde. »

L'ambassadeur se racla la gorge. Il n'était pas habitué à des manifestations de tendresse aussi directes.

« Alors, au nom de l'amour que tu nous portes, je t'en prie, fais ce que désire ta mère. Abandonne cette histoire de peinture, trouve-toi des amis qui appartiennent à ton milieu social, et reprends tes études.

— Tu m'aimes, père. Tu ne peux pas me demander cela, justement parce que tu m'as toujours donné le bon exemple en luttant pour tes désirs. Tu ne peux pas souhaiter que je sois un homme sans volonté.

– J'ai dit : au nom de l'amour. Je ne t'ai jamais parlé ainsi auparavant, mon fils, mais maintenant je te le demande : au nom de l'amour que tu nous portes et de celui que nous avons pour toi, rentre à la maison non seulement au sens physique, mais au sens profond du terme. Tu es actuellement dans l'erreur, tu fuis la réalité.

« Depuis que tu es né, nous avons nourri les rêves les plus grandioses de notre existence. Tu es tout pour nous, notre avenir et notre passé. Tes grands-parents étaient de petits fonctionnaires, et j'ai dû me battre comme un lion pour entrer et m'élever dans la carrière diplomatique. Tout cela uniquement pour te faire une place, pour te rendre la vie plus facile. Je possède encore le stylo avec lequel, une fois devenu ambassadeur, j'ai signé mon premier document, et je l'ai conservé avec amour pour te le remettre le jour où ce sera ton tour.

« Ne nous déçois pas, mon fils. Nous ne vivrons plus très longtemps, nous voulons mourir tranquilles, en sachant que tu es sur la bonne voie. Si tu nous aimes vraiment, fais ce que je te demande. Si tu ne nous aimes pas, ne change rien à ton comportement. »

Eduard demeura plusieurs heures à regarder le ciel de Brasilia et les nuages qui traversaient l'azur. Malgré leur beauté, ils n'apportaient pas une goutte de pluie à la terre aride du plateau central brésilien. Lui se sentait aussi vide que ces nuages.

S'il poursuivait ses études de peinture, sa mère finirait par périr de chagrin, son père perdrait son enthousiasme pour sa carrière, ils se culpabiliseraient tous les deux d'avoir échoué dans l'éducation de leur fils chéri. S'il renonçait à la peinture, les visions du Paradis ne verraient jamais le jour, et rien dans ce monde ne pourrait plus lui causer ni joie ni plaisir.

Il regarda autour de lui, vit ses tableaux, se rappela l'amour qu'il avait mis dans chaque coup de pinceau et le sens qu'il avait voulu lui donner, et les trouva médiocres. Tout cela n'était qu'une supercherie ; il voulait atteindre un but pour lequel il n'avait jamais été choisi, et le prix en serait la déception de ses parents.

Les visions du Paradis étaient destinées aux élus ; ceux-ci apparaissaient dans les livres comme des héros ou des martyrs de leur foi, des êtres qui savaient depuis l'enfance que le monde avait besoin d'eux. En revanche, tout ce qui figurait dans l'ouvrage qu'il avait lu était pure invention romanesque.

A l'heure du dîner, il annonça à ses parents qu'ils avaient raison : son enthousiasme pour la peinture était un rêve de jeunesse, d'ailleurs ça lui avait passé. Ses parents se réjouirent, sa mère pleura de joie et le serra contre elle ; tout était redevenu normal.

Le soir, l'ambassadeur fêta en secret sa victoire en ouvrant une bouteille de champagne qu'il but tout seul. Lorsqu'il gagna sa chambre, sa femme dormait déjà paisiblement, pour la première fois depuis des mois.

Le lendemain, ils trouvèrent la chambre d'Eduard saccagée, les tableaux mis en pièces et tailladés, et le garçon assis dans un coin, les yeux au ciel. Sa mère le prit dans ses bras et lui dit combien elle l'aimait, mais Eduard ne répondit pas.

Il ne voulait plus rien savoir de l'amour : il en avait soupé. Il avait cru qu'il pouvait renoncer et suivre les conseils de son père, mais il était allé trop loin. Il avait traversé l'abîme qui sépare un homme de son rêve, et désormais il ne pouvait plus revenir en arrière. Il ne pouvait ni avancer, ni reculer. Dès lors, il était plus simple de quitter la scène.

Eduard resta encore cinq mois au Brésil, soigné par des spécialistes qui diagnostiquèrent un type rare de schizophrénie résultant potentiellement d'un accident de bicyclette. Bientôt, la guerre civile éclata en Yougoslavie, l'ambassadeur fut rappelé en hâte, les problèmes s'accumulèrent, si bien que la famille ne put plus s'occuper de lui. La seule solution fut de le placer à l'hôpital psychiatrique de Villete, qui venait d'ouvrir.

Lorsque Eduard eut fini de raconter son histoire, il faisait nuit et ils tremblaient de froid tous les deux.

« Rentrons, dit-il. Ils servent le dîner.

– Dans mon enfance, chaque fois que j'allais rendre visite à ma grand-mère, j'étais fascinée par un tableau au mur. Il représentait une femme – les catholiques l'appellent Notre-Dame – dominant le monde, les mains, d'où émanaient des rayons, ouvertes en direction de la terre.

« Ce qui m'intriguait le plus dans ce tableau, c'est que cette femme foulait un serpent vivant. Alors je demandais à ma grand-mère : " Elle n'a pas peur du serpent ? Elle ne craint pas qu'il lui morde le pied et la tue de son venin ? "

« Ma grand-mère m'expliquait que le serpent avait apporté le Bien et le Mal sur terre, comme le dit la Bible, et qu'elle contrôlait le Bien et le Mal grâce à son amour.

– Quel rapport avec mon histoire ?

– Je ne te connais que depuis une semaine, et il serait trop tôt pour te dire " je t'aime ". Comme je ne dois pas vivre au-delà de cette nuit, il serait aussi trop tard pour ces mots. Mais la grande folie dont sont capables l'homme et la femme est précisément l'amour.

« Tu m'as raconté une histoire d'amour. Je crois sincèrement que tes parents ne voulaient que ton bien et que c'est cet amour qui a failli détruire ta vie. Si la Dame du tableau de ma grand-mère foulait un serpent, cela signifiait que cet amour avait deux visages.

– Je vois, répliqua Eduard. J'ai incité les infirmiers à me faire un électrochoc parce que tu me troublais. Je ne sais pas ce que je ressens, et l'amour m'a déjà détruit une fois.

– N'aie pas peur. Aujourd'hui, j'avais demandé au Dr Igor de me laisser sortir et de choisir l'endroit où je voulais fermer les yeux pour toujours. Mais quand j'ai vu les infirmiers s'emparer de toi, j'ai compris que ton visage était l'image que je voulais contempler au moment de quitter ce monde. Et j'ai décidé de ne plus partir.

« Pendant que tu dormais sous l'effet du traitement, j'ai eu une nouvelle attaque et j'ai cru que mon heure avait sonné. J'ai regardé ton visage, j'ai essayé de deviner ton histoire, et je

268

me suis préparée à mourir heureuse. Mais la mort n'est pas venue, mon cœur a tenu bon une fois encore, peut-être à cause de ma jeunesse. »

Il baissa la tête.

« N'aie pas honte d'être aimé. Je ne te demande rien, seulement de me laisser t'aimer et jouer du piano une autre nuit, si j'en ai la force. En échange, si tu entends dire que je suis en train de mourir, j'aimerais que tu viennes à l'infirmerie. Laisse-moi réaliser mon désir. »

Eduard demeura silencieux un long moment, et Veronika pensa qu'il s'était retiré dans son monde et n'en sortirait pas de sitôt.

Finalement, il contempla les montagnes au-delà des murs de Villete, et dit : « Si tu veux partir d'ici, je t'emmène. Donne-moi seulement le temps d'aller chercher nos vestes et un peu d'argent. Ensuite, nous partirons ensemble.

— Cela ne durera pas longtemps, Eduard. Tu le sais. »

Eduard ne répondit pas. Il revint peu après avec leurs vêtements.

« Cela durera une éternité, Veronika. Bien plus longtemps que les nuits et les jours tous identiques que j'ai passés ici, à tenter d'oublier les visions du Paradis. Je les ai presque oubliées, mais il me semble qu'elles sont de retour.

— Partons. Les fous font des folies. »

Ce soir-là, lorsqu'ils se réunirent pour dîner, les pensionnaires regrettèrent l'absence de quatre personnes.

Zedka, dont nul n'ignorait qu'elle avait été libérée au terme d'un long traitement. Maria, qui était sans doute allée au cinéma, comme elle le faisait souvent. Eduard, qui ne s'était peut-être pas encore remis de la séance d'électrochoc – en y songeant, tous les pensionnaires ressentirent de la peur et commencèrent leur repas en silence. Enfin, il manquait la jeune fille aux yeux verts et aux cheveux châtains, celle dont tout le monde savait qu'elle ne devait pas passer la semaine.

On ne parlait jamais ouvertement de la mort à Villete, mais les absences étaient remarquées, même si tous s'efforçaient de se comporter comme si de rien n'était.

Une rumeur se mit à courir de table en table. Certains pleuraient, parce que cette jeune fille pleine de vie devait maintenant se trouver dans la petite morgue derrière l'hôpital. Seuls les plus audacieux se risquaient là-bas, et encore, en plein jour. Il y avait trois tables de marbre, et en général sur l'une d'elles un nouveau corps, recouvert d'un drap. Tous savaient que ce soir Veronika y était. Les plus fous occultèrent sur-le-champ le fait que, durant cette semaine, l'hospice avait eu une pensionnaire qui parfois perturbait le sommeil de tous en jouant du piano. Tandis que la nouvelle se répandait, plusieurs ressentirent une certaine peine, en particulier les infirmières qui étaient restées au chevet de Veronika durant les nuits qu'elle avait passées dans l'unité de soins intensifs. Mais le personnel était entraîné à ne pas trop s'attacher aux malades – quelques-uns sortaient, d'autres mouraient, tandis que la grande majorité d'entre eux allait de plus en plus mal. Leur tristesse dura un peu plus longtemps, puis elle passa elle aussi

Cependant, la plupart des pensionnaires, en apprenant la nouvelle, feignirent l'étonnement et le chagrin mais ils se sentirent soulagés. Une fois encore, l'ange exterminateur était passé par Villete, et ils avaient été épargnés.

Lorsque la Fraternité se réunit après le dîner, un membre du groupe fit passer le message : Maria n'était pas allée au cinéma, elle était partie pour ne plus revenir, et elle avait laissé un billet.

Personne ne parut accorder beaucoup d'importance à cette nouvelle : Maria avait toujours semblé différente, trop folle, incapable de s'adapter à la situation idéale dans laquelle tous vivaient ici.

« Elle n'a jamais compris à quel point nous sommes heureux, dit l'un d'eux. Nous avons des amis dont nous partageons les affinités, notre quotidien est bien organisé, de temps à autre nous faisons des sorties en groupe, nous invitons des conférenciers à traiter des sujets importants, nous débattons de leurs idées. Notre vie est parvenue à un équilibre parfait que beaucoup de gens, à l'extérieur, adoreraient trouver.

— Sans compter qu'à Villete nous sommes protégés contre le chômage, les conséquences de la guerre en Bosnie, les problèmes économiques, la violence, fit remarquer un autre. Nous avons trouvé l'harmonie.

— Maria m'a confié un billet, reprit celui qui avait annoncé la nouvelle en montrant une enveloppe fermée. Elle m'a demandé de le lire à voix haute, comme si elle voulait nous faire ses adieux à tous. »

Le plus âgé ouvrit l'enveloppe et s'exécuta. Il voulut s'interrompre au milieu de sa lecture, mais il était trop tard, et il alla jusqu'au bout.

Lorsque j'étais encore une jeune avocate, j'ai lu un jour un poète anglais, et l'une de ses phrases m'a beaucoup marquée : « Sois comme la source qui déborde, et non comme l'étang qui contient toujours la même eau. » J'ai toujours pensé qu'il avait tort et qu'il était dangereux de déborder, parce que nous risquions d'inonder des régions où vivent des personnes qui nous sont chères, et de les noyer sous notre amour et notre enthousiasme. Alors, j'ai cherché toute ma vie à me comporter comme un étang, à ne jamais aller au-delà des limites de mes murs intérieurs.

Il se trouve que, pour une raison que je ne comprendrai jamais, j'ai été atteinte du syn-

drome de panique. Je suis devenue exactement ce que j'avais tenté d'éviter de toutes mes forces : une source qui déborde et inonde tout autour de soi. Le résultat fut mon internement à Villete.

Après que l'on m'eut soignée, j'ai regagné l'étang et je vous ai rencontrés. Merci pour votre amitié, pour votre gentillesse et pour tous ces moments heureux. Nous avons vécu ensemble comme des poissons dans un aquarium, satisfaits parce que quelqu'un nous jetait de la nourriture à heures fixes, et que nous pouvions, chaque fois que nous le désirions, regarder le monde extérieur à travers la vitre.

Mais hier, à cause d'un piano et d'une femme qui est sans doute morte aujourd'hui, j'ai découvert quelque chose de très important : la vie à l'intérieur est identique à la vie au-dehors. Là-bas comme ici, les gens se réunissent en groupes, se protègent derrière des murailles et ne laissent pas l'inconnu perturber leurs médiocres existences. Ils font des choses parce qu'ils sont habitués à les faire, ils étudient des sujets inutiles, ils se divertissent parce qu'ils sont obligés de se divertir, et tant pis pour le reste du monde, il n'a qu'à se débrouiller tout seul. Au mieux, ils regardent le journal télévisé, comme nous l'avons fait si souvent ensemble, uniquement pour s'assurer qu'ils sont parfaitement heureux dans un monde rempli de problèmes et d'injustices.

Autrement dit, la vie de la Fraternité est exactement semblable à la vie que presque tous mènent à l'extérieur. On évite de savoir ce qui se passe au-delà des murs de verre de l'aquarium. Pendant très longtemps, cela m'a paru réconfortant et utile. Mais les gens changent, et maintenant je suis en quête d'aventure, bien que j'aie soixante-cinq ans et que je sache toutes les restrictions que cet âge m'impose. Je vais en Bosnie : il y a des gens qui m'attendent là-bas, même s'ils ne me connaissent pas encore et si moi non plus je ne les connais pas. Mais je sais que je serai utile, et que le risque d'une aventure vaut mille jours de bien-être et de confort.

La lecture du billet achevée, les membres de la Fraternité gagnèrent leurs chambres et leurs infirmeries en se disant que Maria était devenue définitivement folle.

Eduard et Veronika choisirent le restaurant le plus cher de Ljubljana, commandèrent les meilleurs plats, s'enivrèrent avec trois bouteilles de vin millésime 1988, l'un des meilleurs crus du siècle. Au cours du dîner, ils ne parlèrent pas une seule fois de Villete, du passé, ni de l'avenir.

« J'ai bien aimé ton histoire de serpent, dit Eduard en remplissant son verre pour la énième fois. Mais ta grand-mère était trop vieille pour faire une interprétation juste.

– Un peu de respect pour ma grand-mère ! » s'exclama Veronika, déjà pompette, si bien que tous les regards se tournèrent vers eux.

« Un toast à la grand-mère de cette fille ! lança Eduard en se levant. Un toast à la grand-mère de cette folle, là devant moi, qui a dû s'enfuir de Villete ! »

Les clients piquèrent du nez dans leur assiette.

« Un toast à ma grand-mère ! » insista Veronika.

Le patron du restaurant s'approcha de leur table.

« Je vous en prie, un peu de tenue. »

Ils se calmèrent quelques instants, mais se remirent aussitôt à parler fort, à tenir des propos insensés, à se comporter de façon déplacée. Le patron du restaurant revint leur dire qu'ils n'avaient pas besoin de régler l'addition, mais qu'ils devaient sortir dans la minute même.

« Vu le prix de ces vins, nous allons faire des économies ! plaisanta Eduard. Vite, sortons d'ici avant que cet homme ne change d'avis ! »

Mais l'homme ne changeait pas d'avis. Il tirait la chaise de Veronika, un geste apparemment courtois, destiné en réalité à l'aider à se lever et à déguerpir le plus vite possible.

Ils se rendirent au milieu de la petite place, au centre-ville. Veronika regarda en direction de sa chambre au couvent et se dégrisa en un clin d'œil. Elle se souvint qu'elle allait mourir bientôt.

« Trouve encore du vin ! » demanda-t-elle à Eduard.

Il y avait un bar tout près. Eduard rapporta deux bouteilles, et ils s'assirent tous les deux pour se remettre à boire.

« En quoi l'interprétation de ma grand-mère est-elle fausse ? » questionna Veronika.

Eduard était tellement ivre qu'il lui fallut un gros effort pour se rappeler les propos qu'il avait tenus au restaurant.

« Ta grand-mère a dit que la femme foulait ce serpent car l'amour doit dominer le Bien et le Mal. C'est une jolie interprétation romantique, mais ce n'est pas du tout cela : j'ai déjà vu cette image, c'est une des visions du Paradis que j'imaginais peindre. Je m'étais déjà demandé pourquoi on représentait toujours la Vierge ainsi.

– Et pourquoi ?

– Parce que la Vierge, l'énergie féminine, est la maîtresse du serpent, qui signifie la sagesse. Si tu observes la bague du Dr Igor, tu verras qu'elle porte le caducée, symbole des médecins : deux serpents enroulés sur un bâton. L'amour est au-dessus de la sagesse, tout comme la Vierge est au-dessus du serpent. Pour elle, tout est Inspiration. Elle ne s'embête pas à juger ce qui est bien et ce qui est mal.

– Tu veux savoir ? reprit Veronika. La Vierge ne s'est jamais intéressée à ce que les autres pensaient. Imagine, devoir expliquer à tout le monde l'histoire du Saint-Esprit ! Elle n'a rien expliqué, elle a seulement dit : " C'est arrivé ainsi. " Et sais-tu ce que les autres ont dû répondre ?

– Bien sûr. Qu'elle était folle ! »

Ils rirent tous deux. Veronika leva son verre.

« Félicitations ! Au lieu de parler, tu devrais peindre ces visions du Paradis.

– Je commencerai par toi », répliqua Eduard.

A côté de la petite place s'élève une colline au sommet de laquelle se trouve un château. Veronika et Eduard gravirent la côte, jurant et riant, glissant sur la glace et se plaignant de la fatigue.

A côté du château se dresse une gigantesque grue jaune. Pour qui se rend à Ljubljana pour la première fois, cette grue donne l'impression que le château est en réparation et qu'il sera bientôt complètement restauré. Mais les habitants de Ljubljana savent que la grue est là depuis des années, bien que personne ne connaisse la véritable raison de sa présence. Veronika raconta à Eduard que, lorsqu'on demandait aux petits du jardin d'enfants de dessiner le château de Ljubljana, ils incluaient toujours la grue dans leur dessin.

« D'ailleurs, la grue est bien mieux conservée que le château. »

Eduard rit.

« Tu devrais être morte, remarqua-t-il, encore sous l'effet de l'alcool, mais d'une voix qui manifestait une certaine crainte. Ton cœur n'aurait pas dû supporter cette montée. »

Veronika lui donna un long baiser. « Regarde bien mon visage. Retiens-en chaque trait avec les yeux de l'âme pour pouvoir le reproduire un jour. Si tu veux, commence par lui, mais remets-toi à peindre. C'est ma dernière requête. Crois-tu en Dieu ?

– Oui.

– Alors tu vas jurer, par le Dieu auquel tu crois, que tu me peindras.

– Je le jure.

– Et que, lorsque tu m'auras peinte, tu continueras à peindre.

– Je ne sais pas si je peux jurer cela.

– Tu le peux. Et je vais te dire plus : merci d'avoir donné un sens à ma vie. Je suis venue au monde pour traverser tout ce que j'ai traversé, tenter de me suicider, abîmer mon cœur, te rencontrer, monter à ce château et te laisser graver mon visage dans ton âme. C'est la seule raison pour laquelle je suis venue au monde : te permettre de retrouver le chemin dont tu t'es écarté. Ne me fais pas sentir que ma vie a été inutile.

– Peut-être est-il trop tôt ou trop tard, mais, comme toi tout à l'heure, je veux te dire que je t'aime. Tu n'es pas obligée de le croire, c'est peut-être une sottise, une de mes fantaisies. »

Veronika se serra contre Eduard et pria le Dieu en qui elle ne croyait pas de l'emporter dans l'instant.

Elle ferma les yeux et sentit qu'il en faisait autant. Et le sommeil vint, profond, sans rêves. La mort était douce, elle avait l'odeur du vin, et elle caressait ses cheveux.

Eduard sentit que quelqu'un lui tapotait l'épaule. Quand il ouvrit les yeux, le jour commençait à poindre.

« Vous pouvez aller à l'abri de la préfecture, dit le garde. Si vous restez ici, vous allez geler. »

En une fraction de seconde, il se rappela tous les événements de la nuit précédente. Dans ses bras se trouvait une femme tout engourdie.

« Elle... Elle est morte. »

Mais la femme remua et ouvrit les yeux.

« Qu'est-ce qu'il y a? demanda Veronika.

— Rien, répondit Eduard en se levant. Ou plutôt un miracle : encore un jour de vie. »

A peine le Dr Igor était-il entré dans son cabinet et avait-il allumé la lampe – le jour se levait encore tard, cet hiver s'éternisait – qu'un infirmier frappa à la porte.

« Ça commence tôt aujourd'hui », se dit-il.

La journée allait être difficile à cause de la conversation qu'il aurait avec la jeune fille. Il s'y était préparé toute la semaine et, la nuit dernière, il avait mal dormi.

« J'ai des nouvelles alarmantes, annonça l'infirmier. Deux pensionnaires ont disparu : le fils de l'ambassadeur et la petite qui a des problèmes cardiaques.

– Vous êtes des incompétents ! Dans cet hôpital, la sécurité a toujours beaucoup laissé à désirer.

– C'est que personne n'a jamais tenté de s'enfuir, rétorqua l'infirmier, effrayé. Nous ne savions pas que c'était possible.

– Sortez d'ici ! Je dois préparer un rapport pour les actionnaires, prévenir la police, prendre toute une série de mesures. Et donnez la consigne de ne pas me déranger, cela va prendre des heures ! »

Livide, l'infirmier sortit, sachant qu'une partie de cette lourde responsabilité finirait par lui retomber sur le dos, car c'est ainsi que les puissants agissent avec les plus faibles. Assurément, il serait renvoyé avant la fin de la journée.

Le Dr Igor prit un bloc-notes et le posa sur la table. Il allait commencer à prendre des notes, quand il se ravisa.

Il éteignit la lumière, demeura immobile dans le bureau faiblement éclairé par le soleil levant et sourit. Il avait réussi.

Dans un instant, il prendrait les notes nécessaires, exposant le seul traitement connu contre le Vitriol : la conscience de la vie. Et il indiquerait le médicament qu'il avait employé dans sa première grande expérience sur des patients : la conscience de la mort.

Peut-être existait-il d'autres traitements, mais le Dr Igor avait décidé de concentrer sa thèse sur le seul qu'il avait eu l'occasion d'expérimenter scientifiquement, grâce à une jeune fille qui était entrée, très involontairement, dans son destin. Elle était arrivée dans un état gravissime, avec une intoxication sérieuse et un début de coma. Elle était restée entre la vie et la mort pendant presque une semaine, le temps nécessaire pour que le Dr Igor ait la brillante idée de son expérience.

Tout dépendait d'une seule chose : la capacité qu'aurait la jeune fille de survivre.

Et elle avait réussi.

Sans aucune séquelle sérieuse, ni problème irréversible ; si elle prenait soin de sa santé, elle pourrait vivre aussi longtemps que lui, voire davantage.

Mais le Dr Igor était le seul à le savoir, comme il savait que les suicidaires manqués ont tendance à répéter leur geste tôt ou tard. Pourquoi ne pas l'utiliser comme cobaye, pour voir si elle parvenait à éliminer le Vitriol – ou l'Amertume – de son organisme ?

Et c'est ainsi que le Dr Igor avait conçu son plan.

En lui appliquant un médicament du nom de Fenotal, il avait réussi à simuler les effets des crises cardiaques. Pendant une semaine, elle avait reçu des injections de cette drogue, et elle avait dû avoir très peur car elle avait le temps de songer à la mort et de passer en revue son existence. Ainsi, conformément à la thèse du Dr Igor (« La conscience de la mort nous incite à vivre davantage » serait le titre du dernier chapitre de son ouvrage), la jeune fille avait peu à peu éliminé le Vitriol de son organisme, et peut-être ne répéterait-elle pas son geste.

Aujourd'hui, il aurait dû la rencontrer et lui dire que, grâce aux injections, il avait réussi à faire régresser totalement le tableau des attaques cardiaques. La fuite de Veronika lui avait épargné la désagréable expérience de mentir une fois de plus.

Ce que le Dr Igor n'avait pas envisagé, c'était l'effet contagieux du traitement de l'empoisonnement au Vitriol. De nombreux patients, à Villete, avaient été effrayés par la conscience de la mort lente et irréparable. Tous devaient penser à ce qu'ils étaient en train de perdre et être obligés de réévaluer leur propre vie.

Maria était venue réclamer son bulletin de sortie. D'autres demandaient la révision de leur cas. La situation du fils de l'ambassadeur était plus préoccupante : il avait purement et simplement disparu, certainement en tentant d'aider Veronika dans sa fuite.

« Peut-être sont-ils encore ensemble », pensa-t-il.

De toute manière, s'il voulait revenir, le fils de l'ambassadeur connaissait l'adresse de Villete. Le Dr Igor était trop enthousiasmé par les résultats pour prêter attention à des détails.

Durant quelques instants, il eut un autre doute : tôt ou tard, Veronika se rendrait compte qu'elle n'allait pas mourir de problèmes cardiaques. Elle irait consulter un spécialiste, et celui-ci lui dirait que tout, dans son organisme, était parfaitement normal. Elle penserait alors que le médecin qui l'avait soignée à Villete était incompétent. Mais tous les hommes qui osent faire des recherches sur des sujets interdits doivent s'armer d'un certain courage et suscitent une bonne dose d'incompréhension.

Et pendant tous ces jours où elle devrait vivre avec la peur d'une mort imminente ?

Le Dr Igor pesa longuement les arguments et trancha : ce n'était pas grave du tout. Elle considérerait chaque jour comme un miracle – ce qui est un peu vrai, si l'on prend en compte toutes les probabilités que surviennent des événements inattendus à chaque seconde de notre fragile existence.

Il remarqua que les rayons du soleil devenaient plus vifs, ce qui signifiait que les pensionnaires, à cette heure, devaient prendre leur petit déjeuner. Bientôt, la salle d'attente serait pleine, les problèmes quotidiens afflueraient ; il valait mieux commencer tout de suite à prendre des notes pour sa thèse.

Méticuleusement, il se mit à relater par écrit le cas de Veronika. Il remplirait plus tard les rapports concernant les mauvaises conditions de sécurité du bâtiment.

Jour de Sainte-Bernadette, 1998

Imprimé en France sur Presse Offset par

BRODARD & TAUPIN

GROUPE CPI

La Flèche (Sarthe).
N° d'imprimeur : 10670 – Dépôt légal Édit. 18298-01/2002
LIBRAIRIE GÉNÉRALE FRANÇAISE - 43, quai de Grenelle - 75015 Paris.

ISBN : 2 - 253 - 15227 - 7   31/5227/9